不再等待戈多

LE TIERS TEMPS
Maylis Besserie

[法]迈利斯·贝瑟里 著

彭怡 译

图书在版编目（CIP）数据

不再等待戈多 / (法) 迈利斯·贝瑟里著；彭怡译. — 深圳：海天出版社，2022.5
（左岸译丛）
ISBN 978-7-5507-3314-5

Ⅰ.①不… Ⅱ.①迈… ②彭… Ⅲ.①传记小说－法国－现代 Ⅳ.①I565.45

中国版本图书馆CIP数据核字(2021)第218892号

版权登记号　图字：19-2020-119号
Originally published in France as:
Le Tiers temps by Maylis Besserie
© Éditions Gallimard, Paris, 2020
Cet ouvrage a bénéficié du soutien des Programmes d'aide à la publication de l'Institut français.
本书获得法国对外文教局版税资助计划的支持

不再等待戈多
BUZAI DENGDAI GEDUO

出 品 人	聂雄前
责任编辑	沈逸舟　胡小跃
责任技编	梁立新
责任校对	叶　果
封面设计	蒙丹广告

出版发行	海天出版社
地　　址	深圳市彩田南路海天综合大厦（518033）
网　　址	www.htph.com.cn
订购电话	0755-83460239（邮购、团购）
设计制作	深圳市龙瀚文化传播有限公司 0755-33133493
印　　刷	深圳市新联美术印刷有限公司
开　　本	787mm×1092mm　1/32
印　　张	7.25
字　　数	112千
版　　次	2022年5月第1版
印　　次	2022年5月第1次
定　　价	38.00元

版权所有，侵权必究。
凡有印装质量问题，请随时向承印厂调换。

在雷阿勒林穹的庭院中，
只有一朵玛格丽特。

那是献给她的

前期

在三一养老院[①]

巴黎 1989年7月25日

她死了。我必须不停地提醒自己：苏珊[②]不在房间里，她没有和我在一起，她不在了，她……已经被安葬了。然而，今天早上，她好像依然在我的旧毯子下面——没有被埋葬，甚至没有死。她躺在毯子下面，蜷曲着靠在她的老山姆[③]身上。而且，正因

[①] 三一养老院（Résidence Tiers-Temps），位于巴黎十四区雷米-迪蒙塞尔路24~26号，本书的法文标题"*Le tiers temps*"便取自此。"三一"（Tiers-Temps）一词的字面含义为"人生三阶段的最后一阶段"，意指人的晚年。此外，"三一"在法文中还特指考试中为身体残疾的考生预留的附加时间，这一附加时间不能超过正常考试时间的三分之一，故名"三一"。爱尔兰荒诞派作家塞缪尔·贝克特（Samuel Beckett, 1906—1989）在三一养老院度过了人生的最后一年，他的代表作有《等待戈多》（*En attendant Godot*）等。

[②] 苏珊·德舍沃-迪梅尼（Suzanne Dechevaux-Dumesnil, 1900—1989），贝克特的妻子，热爱先锋艺术，为贝克特作品的出版和推广做出了重要贡献。

[③] 山姆（Sam）为英文名塞缪尔（Samuel）的昵称。

为她在这里，靠在我这把老骨头上，躺在我瘦弱的身体旁边，我才知道，我没有死。

我还是觉得有点冷。我太瘦了，母亲总是这么说我。小时候，我总是不停地在街上，在田里奔跑。我奔跑是为了让自己不那么冷，因为我太瘦了。我奔跑是为了不想听到梅[①]说我太瘦了。我总是在跑。终于有一天，我跑得太久，终于一去不复返。我坐船出海，走得离梅远远的。

长期以来，苏珊一直都陪着我跑。我们穿过树林，踩着潮湿的枯叶和老迈的树根。我们在奔跑，风追着我们，总是把我们推向更深的黑夜。我们害怕听到自己脚步的咔嚓声和身体的重量在地上发出的声音。我们跑得更快了，因为恐惧。苏珊的脚都跑痛了，但她仍然坚持跑着。荆棘丛生，划伤了我们。我的双脚敲打着大地，我感到我的心也在跑，苏珊也一样。她紧紧抓住我的肩膀和大衣，靠在我的身上，想抬起跑得累不可堪的双脚。脚底的大地沉重得像一块铅，仿佛要撕裂她的鞋底。

[①] 梅（May）为塞缪尔·贝克特的母亲玛丽亚·琼斯·贝克特（Maria Jones Beckett, 1871—1950）的昵称，她是一名虔诚的基督徒。

我已经麻木到感觉不到自己的脚。我是为了我自己，也是为了苏珊而奔跑。一只脚代表一个人。因害怕而抬脚。她步履蹒跚地拽着我，早已筋疲力尽。旅程结束，苏珊也死了。她不在房间里。她松开了我的大衣。她放开了我。

盖着毯子，我依然很冷。我想今天应该是星期五。从我的床上望出去，只能看到光秃秃的梧桐树。在都柏林，我曾听到海鸥的叫声，这个城市属于它们。它们在每户人家门前大吵大叫，围着桑迪科沃①的海防要塞，成群结队地飞向市中心，歇斯底里地大叫，吞食路经之处一切可以吃的东西。它们像掠夺者一样，四处闲逛。我仿佛又看见自己在爱尔兰加快脚步奔跑的情景。匆匆的影子倒映在利菲河②里，海鸥们跟在我的后面。我的膝盖似乎在咯咯作响，那其实是我的鞋底踩在灰色的石子路上发出的声音。后来，当我来看望梅时——来看望我的母亲时——发现那些海鸥长胖了。它们在利菲河的集装

---

① 桑迪科沃(Sandycove)，都柏林郊区的海滨度假胜地，因海滨浴场和海防要塞而远近闻名。爱尔兰作家詹姆斯·乔伊斯的著作《尤利西斯》的开场故事即发生于此。
② 利菲河(la Liffey)，都柏林的母亲河。

箱边争夺残渣，争夺垃圾桶里的残余食物——抢在穷人前面。它们在争食残渣，甚至在争食穷人。

如今在巴黎的迪蒙塞尔路，我听不到海鸥的叫声，也听不到苏珊的声音。我什么都听不到了。我只能听到我曾经认真倾听的东西。

我盖着毯子依然很冷，我得想起一首歌。

再见，再见，再见，
*和豆蔻年华说再见。*①

这是乔伊斯②的声音。温暖我的心。③乔伊斯的声音从我破旧的毯子下面传来。他弹奏乐曲，甚至在写作的时候也会饶有兴致地弹奏一曲。他的脚在钢琴底下飞舞，从一个踏板换到另一个踏板。乔伊

---

① 原文为英文歌词，引自歌曲《和豆蔻年华说再见》（*Bid Adieu to Girlish Days*），詹姆斯·乔伊斯作词作曲。
② 詹姆斯·乔伊斯（James Joyce，1882—1941），爱尔兰作家，其意识流风格的作品《尤利西斯》和《芬尼根的守灵夜》对二十世纪的世界文学潮流有举足轻重的影响。贝克特视乔伊斯为写作上的导师，其写作风格深受乔伊斯的影响。
③ 原文为英文。

斯弹奏着乐曲,并用他带着科克①口音的嗓子唱歌。这是他父亲的口音,一个声音优美的男高音。他为他的朋友们歌唱:乔拉斯一家、吉尔伯特一家、莱昂一家。他为尼诺②歌唱。我陶醉在他的歌声中——在桌子下面。屋子颤抖起来,一个姑娘开始跳舞,那是个女孩,乔伊斯的女儿:露西娅。我闭上眼睛。乔伊斯表演结束之后,他用三只脚站起来:他自己的双脚和梣木拐杖。他向大家致谢并立刻要喝一杯。他是个爱尔兰人。

在南威廉大街,我在格罗根酒吧喝酒。我碰到了我的朋友杰弗里,杰弗里·汤普森③。他总是被滞留在吧台的一些追随者包围。我找到了他,我们一起喝酒。我清楚地记得,那是一个冬天,客人们缩着身子靠在吧台上,就像铁丝网上的麻雀。他们习惯把鸭舌帽和毡帽放在一边,以便喝酒的时候更加自如。我很喜欢格罗根酒吧:木地板、木板壁,彩

---

① 科克(Cork),爱尔兰西南部城市,该地区居民的英语口音较为独特,与爱尔兰其他地区的口音相比音调更高,更为抑扬顿挫。
② 指尼诺·弗兰克(Nino Frank, 1904—1988),意大利裔法国作家,乔伊斯和贝克特的好友。
③ 杰弗里·汤普森(Geoffrey Thompson,生卒年不详),贝克特从中学起就认识的好友,后成为一名心理医生。

绘玻璃窗透进蓝色和橘色的光线。我记得客人们都是相同的装束：白衬衫、带纽扣的开衫、黑西装和黑皮鞋。杰弗里留着大胡子，喝酒的时候，酒会从他浓密的大胡子里流下来。在酒吧里，他一到晚上就显得很高兴。杰弗里是个很好的玩伴。在那里，人们开着玩笑，却不敢看对方的眼睛。他们很有趣但又很羞涩。他们很有趣但眼睛却不这样。他们开玩笑的时候眼睛看着远处，盯着酒架上的白色玻璃瓶或者啤酒杯上余下的泡沫。在都柏林，一切都让人惶恐不安，一切都被禁止。于是我离开了。跑走了。

护理观察记录

档案号：835689

塞缪尔·巴克莱·贝克特　男

83岁

身高：1.82米（6英尺）

体重：63公斤（9.9英石）

节选一

男，83岁，作家，萨金特医生的朋友，经其介绍而来。患肺气肿和反复跌倒，曾引发意识丧失。

贝克特先生有帕金森家族遗传病史（母方家族）。

1988年7月27日，患者被妻子发现在厨房跌倒并失去意识，被送入库尔布瓦医院。经检查，没有骨折也没有内出血症状，随后转院至巴斯德医院，检查其失去平衡而摔倒的原因。

到目前为止，患者没有表现出帕金森病的三

大典型症状：静息时四肢震颤、行动迟缓（运动不能）和锥体外系强直。但根据其运动机能指标（肌强直和姿势不稳），巴斯德医院神经科怀疑为非典型的帕金森病或相关疾病。患者亦表示感到写字（写小字）和拿笔愈发困难。

鉴于患者不稳定的身体状况，我们建议他入住带有医疗服务的养老院。

患者于1988年8月3日入住三一养老院。其妻子当天去世。患者入院时严重营养不良，养老院采用了高卡路里/高维生素药物静脉注射疗法和长期氧疗法来改善其身体状况。在天气晴朗且身体条件合适的情况下，他被允许独自外出散步。

贝克特先生护理记录

娜嘉，护士：

贝克特先生是位严格遵守时间的患者。他读书和写作直至深夜，所以起床也很晚。我已习惯在巡查时最后去他房间，大约在9时45分到10时，免得打扰他。

他没有输液。根据他的要求，他洗漱时没有护士陪同。

他沉默寡言，但对工作人员很有礼貌。

根据他的要求，他在房间用餐，并且不参加养老院举办的活动。

在身体状况良好的情况下，下午他会遵照运动体疗医生的建议，离开养老院出门散步（15分钟到20分钟）。傍晚的时候，他经常有客人来访。喝一点烈酒。不断地抽烟。

护理计划：
- 继续采用高卡路里的食谱，直到体重恢复正常；
- 鼻导管氧疗，流量为每分钟1升到2升。

在三一养老院

巴黎 1989年7月26日

我在花园里。不知道这能否称得上是一个花园,但我"在花园里"。他们就是这么叫的,既然他们说是花园,那就是个花园吧!花园里,草坪是由绿色防滑塑料垫铺成的。尽管不是真草坪,但走上去像真的一样,但它的确不是真的,因为不会在上面摔倒。不过多亏了它我才能来到花园里。

今天早上,我不是很舒服。每天来给我治疗腿部的医疗师对我说:"贝克特先生,今天早上您的脸色看起来不太好。"但我还是做了练习。我尽我所能。我把腿抬起来又放下。重复多次,完成了他所要求的次数,然后用另一条腿做同样的动作。这条腿要困难得多,但我还是试着抬起它,至少我坚定地这么做了,可它并不听使唤。然而,我还是把它抬了起来,然后放下。失败了就重新开始。无论如何，我能走路了。不过，说走路，也许有些夸张。我使劲让这只脚赶上几厘米前的另一只脚，走得比蜗牛快不了多少。练习进展得不是很顺利。

塑料草坪呈带状，一直铺到墙脚。带状的草坪。在我身体状态不是很好的时候，我就在它上面散步。有些时候，娜嘉护士会来陪我在草坪上一起散步。她的头发很光亮，应该喷了一些精油和香水之类的东西。在她像扶着一个年迈的丈夫一样挽着我的手臂的时候，我能闻到这香气。在她扶着我这不听使唤的身体帮助我移动的时候，我能闻到这香气。我闻得到的。她会怎么想呢？当她扶着我僵硬的胳膊，当我透过猫头鹰眼睛一样大的眼镜片看着她时，她会怎么想呢？我不知道。她只是在履行她的工作职责。她很和蔼。即使感到无聊，她也不会让我感觉到。我远远地闻着她头发的香气。我没有靠近她，那样的话她可能会闻到我身上的味道，我会感到羞耻的。我让她挽着我的胳膊，期待她挽着我的胳膊，因为这样的情况不会每天都发生。

花园的墙很高。当年我在乌尔姆路的高等师范学校①。把学校围起来的其实不是一堵墙,而是一道竖起的栅栏。我必须翻过这道栅栏。我翻出围墙是想出去喝酒。喝完酒再翻回来。我双向翻越,翻出去再翻回来。翻回来时就没那么有兴致了,但我还是翻了回来。我和朋友汤姆②一起喝酒,都是在17点以后。这是绝对必须遵守的。我在奶猪酒吧喝库拉库索橙皮利口酒、菲奈特·布兰卡苦酒和波特酒,喝得醉醺醺的。眼镜掉了,不知摔到哪个洞里了,胡言乱语——原先的我可像隐士一般,发誓永远不乱讲话。醉成了傻瓜,但也醉得开心。脑子全部放空。轻飘飘的,轻飘得很。当初我本该听从父亲的建议,在健力士③度过幸福时光。那是一家前途光明、欣欣向荣的啤酒厂。在啤酒的泡沫中碰运气。

---

① 即巴黎高等师范学校,法国最负盛名的高等学府,坐落于巴黎拉丁区的乌尔姆路(Rue d'Ulm),贝克特年轻时曾在此担任讲师,教授英语。
② 汤姆(Tom)为英文名托马斯(Thomas)的昵称,这里指的是托马斯·麦克格里维(Thomas MacGreevy, 1893—1967),爱尔兰诗人,曾在巴黎高等师范学校担任英语教师,与贝克特共事,成为其密友,并帮助他融入巴黎的文艺圈。正是他向乔伊斯引荐了贝克特。
③ 健力士(Guinness),诞生于爱尔兰的黑啤酒品牌,也是世界第一大黑啤酒品牌。

唉！我现在又空空如也了，我已经不知道如何写作了，已经写不出来了。几乎如此。

我也和乔伊斯喝酒。在漂亮的阳台上。我们在牛回到牛棚的那个时刻开始喝，大口大口地喝枫丹德西永的白葡萄酒。乔伊斯让大家都爱上了他的琼浆玉液——它让他想起了**古奥地利公爵夫人的尿**。大家都爱上了乔伊斯。乔伊斯是一位真正的公爵夫人。

> 如果有人觉得我不是神明，
> 他就不能再喝到我酿造的酒，
> 他只能喝水，但愿它是淡的，
> 不要等我的躯体把酒又变成了尿。①

天呐，花园里有尿的味道。老年人的尿像小溪一样在塑料草皮上流淌。如果草皮是真的，那就应

---

① 原文为英文。此诗为爱尔兰诗人奥利弗·圣约翰·戈加蒂（Oliver St. John Gogarty, 1878—1957）所作的题为《欢乐（却略爱挖苦）的耶稣之歌》(The Song of the Cheerful ⟨but slightly sarcastic⟩ Jesus) 的打油诗。戈加蒂是乔伊斯《尤利西斯》中人物勃克·穆利根（Buck Mulligan）的原型，该首打油诗在《尤利西斯》的第一章中被乔伊斯引用，从穆利根的口中吟出。

该发黄了。幸运的是,草皮是塑料的,不会变色。浇点儿水就基本上看不出来了。不过,至于尿骚味,那就没有办法了。总之,无计可施。

在花园里,我害怕被人抓住。怕有人会对我说:"贝克特先生,我来帮您一下。"怕有人抓住我的胳膊,把我当作在花园散步的老妪,指着花让我看,指着云让我看。我怕有人碰我。当有人碰我的时候,我总是往最坏的结果想。然而,曾经有一段时光,有人会常常碰我。例如佩吉,她就经常碰我。她碰得很用力,就像一个士兵翻身上马时紧紧抓住马鞍那样抓住我。她用她结实的手抓住我,都要抠进我的肉里了,仿佛要把它从骨头里分离出来,然后挥动着它,像展示一件战利品一样。她那么冲动地抓住我……我不知道那是为什么。难道是真爱?但她紧紧抓住我。她紧紧地抓住我,而我喜欢这样。我想说,我没有反抗。我之所以让她这么做,大概是因为我也喜欢这样。当然如此。喜欢她紧紧地抓住我,抓得我的皮肤火辣辣的。让她剥光我的衣服吧,就像人们用大石头把兔子砸死后剥下它的毛皮一样。是的,我喜欢这样,我早就喜欢这样。

在福克斯罗克①,也有这么一个姑娘。她的名字我不记得了。她喜欢在都柏林郊区的通勤火车上掐我。我在格兰纳盖里站上车时常常遇到她。她挺漂亮的,爱尔兰式的漂亮。一个丰满的高个子姑娘——一个标致的女孩②。她坐在我邻座,长发像瀑布一样垂在肩上。她用令人生畏的肥大手指戳我,拇指和中指刺进我的肋骨,指甲都要陷进去了。我大叫起来,而她却开心死了。我不记得事情是怎么开始的。她是怎么养成这个掐我的习惯的?我不记得了。我一定是说了什么。一些黄段子。我经常跟陌生女人说黄段子——我是说,我不认识的女人。我说着黄段子,有时会挨打,甚至被掐。她玩我的肋骨玩疯了,我也特别开心地坐到她的大腿上。我戳她,她掐我。佩吉也掐我。最后总会以痛苦收场。

---

① 福克斯罗克(Foxrock),都柏林郊区小镇,贝克特的故乡。
② 原文为英文。

观察记录

1989年7月26日

西尔维，助理护士（9时至18时）：

9时45分起床，早餐为一杯茶和两片面包干。
病人洗漱自理。
10时至10时20分理疗。

11时50分于房间用午餐：
洋葱蘑菇浓汤
柠檬汁鳕鱼排配胡萝卜泥
黑加仑果泥

病人进食不多。加餐（用高卡路里的奶油甜点替换患者不喜爱的果汁）。
散步至阿莱西亚广场，回程十分费力。

朋友富尼耶夫人来访。17时左右饮两杯威士忌。

娜嘉,护士(18时至0时):

傍晚心情很好。精神愉悦。

18时45分于房间用晚餐:
波利尼亚克浓汤
萨伏伊式意面沙拉
蒜香奶酪
莓果布丁

午夜,直到我下班,他仍然在桌前工作。

在三一养老院

巴黎 1989年7月29日

　　我在房间里，里面有床、床头柜、五斗橱、书柜以及我永恒的埃迪特弄来的小型冰箱。她是永恒的朋友，一位无可匹敌的翻译。

　　窗前，有张用来写作的书桌，还有一部奶油色的电话。这几乎就是全部了。我的母亲应该会对这样的房间摆设感到满意。跟她的房间一样令人愉悦——她是个虔诚的新教徒。这个房间并不真正属于我，这不是我的房间。这只是他们看护我的地方。我住在这里，从此在这里收取信件。床的上方有一盏安有三只灯泡的枝形吊灯，用链子挂在天花板上。每当楼上有动静，它都有可能掉下来。万一它砸下来，那就完了。随时都有可能！吊灯会突然掉下来，把我砸死。一个迅速了结的方法。一场不曾预测到的事故。出乎意料。不是每天都会发生的意外事件。报纸上出现这么几行字：多年未见的奇闻，一个爱尔兰人命丧吊灯下。他已成了亡魂。眼下，吊灯犹在，灯光依然笼罩在我无力的头顶。

傍晚六点左右，我打开吊灯，房间便充满了浅褐色。我是说颜色①。这灯光与墙纸很协调，让人感到很放松。褐黄色渐渐变成黏土色或淡紫色。傍晚六点左右，当我坐在桌前，如果是万里晴空，我便凝视着月亮。夜晚降临在我身上，就像在格伦达洛谷②的湖边那样。父亲默默地抚摸着我乱蓬蓬的头发。夜晚静悄悄地来到。我们看着它降临，等待着。我们一直在等待，直到天色完全暗下来。"天黑了。"③父亲说。好了，马上就要结束了。玫瑰色的晚霞将消失在威克洛④群山后面。该回家了。该下山了。黑暗中小路都变了模样。父亲用皮带捆住我的一只手，领着

---

① 法语中的浅褐色（fauve）是个多义词，既可以理解为"浅褐色"，又可以理解为"猛兽"。此处是为了说明前文中的fauve指的不是"野兽"，而是"浅褐色"的意思。
② 格伦达洛谷（Glendalough），爱尔兰威克洛郡的一个冰谷，附近多冰川湖。
③ 原文为英文。
④ 威克洛（Wicklow），位于都柏林以南的爱尔兰郡治，东部临海，西部多山，是位于山与海之间的都柏林门户。

我走。我们像森林里的两个瞎子。我任皮带拉着我前行。我迈开大步，以免碰到树根。我穿着雨鞋跨过黑夜。无垠的黑夜无声地把我和父亲联系在一起。父亲在夜里就像只猫头鹰，对他来说，有月光就足够了。

我们回来的时候，梅很生气。她气得发狂，大发雷霆。母亲每当担心时都会大发雷霆。几分钟之前，在夜色还没有降临格伦达洛湖湖畔时，在月亮还没有升起时，梅沉默不语。幸福的沉默，暴风雨来临前的沉默。

今晚，月亮是红棕色的。我腿痛。我靠在桌上望着红棕色的月亮。蜜糖一般的月亮。我在乔伊斯的房间里。

等到蜜糖一般的月亮，爱！①

我坐在他对面。他戴着眼镜，左眼被遮眼罩盖着。他的眼镜又圆又厚。我看着他，不知道他能不能看到我。遮眼罩的弹性带子把他的头发从太阳穴处分开。他看着远方。也许是望着月亮。蜜糖般的

---

① 原文为英文，引自乔伊斯《芬尼根的守灵夜》。

月亮。他穿着灰褐色的西装，条纹衬衫的珍珠纽扣扣得紧紧的。小胡子让他看起来很帅气。蓄胡子是个好主意。宪兵帽形状的胡子遮住了他的嘴唇。还有一根胡子从他的嘴巴一直垂到下巴。他口述着，一字不停。他跷着二郎腿，一只脚放在另一只脚下面。我看着他，也学他的样。他在口述，我不知道他能否看见我。他的视力下降了。他低下头。也许在口述的时候他仅能捕捉到我的身影。

我们就像坐在凌乱的纸张前的两个老朋友。我用打字机打字，字一个个躺在了纸上。我打得很快。有人敲门。"请进。"是露西娅，乔伊斯最喜欢的女儿，她向我打了个招呼。她给父亲捎了个信儿，并调皮地朝我笑着。她很漂亮，尽管眼睛有点瑕疵。她的两只眼睛有点不平行。我不知道能不能用平行来形容眼睛的位置。总而言之，露西娅的眼睛不平行，但这并不能妨碍她的美。

露西娅离开了乔伊斯的房间。我继续用打字机录写乔伊斯的书《进展中的作品》[①]——进展缓慢。

[①] 即《芬尼根的守灵夜》。该书的写作持续了整整十六年，其间曾于杂志上以《进展中的作品》（*Work in Progress*）的名称连载。直至1939年全文出版前夕，乔伊斯才宣布其正式的书名为《芬尼根的守灵夜》。

音乐般的语言，多种语言的协奏。我记录着他充满爱尔兰口音的英语。我们的祖先之地爱尔兰，从他口中一页页地吐出。梅的爱尔兰。他把它传送到我的手指头下。非常有感染力。那是语言所赋予的感染力。我用了很长时间来忘记它。忘记爱尔兰，忘记乔伊斯，忘记梅。忘记乔伊斯，忘记我的母亲，忘记我的母语。我做到了吗？我不知道。应该说，我们从出生那一刻起就被判决了。成为我们父母的儿子。他们生了我们。梅生了我们。我们远远比不上乔伊斯。可以说，一开始就很糟糕。我不能说我做了该做的事情。不。我完全可以做得更好。采取一些预防手段，或者更加严厉的措施。以恶制恶。比如说，我本可以杀了梅。杀死我的母亲，这并不是很困难的事。我有上千次的机会。用一块小垫子就够了。紧紧地捂住她的嘴，悄悄地，只要几分钟。梅不会有痛苦，或不会痛苦得太久。我本可以不让她在这个世界上活那么长时间。我仔细地考虑过了，这事没有看起来的那么坏。对她来说也是如此。意想不到的解脱。

　　梅曾经是个护士。我本可以趁她很累的时候，在她清晨值完夜班回来的时候行动。我本可以结束她的痛苦和我的痛苦。不，事情应该更完美一点，我最好在出生之前就杀了她——这当然是不可能的。或者在出生时，为什么不呢？那样会很理想。一次仁慈的分娩：光明与黑夜，生死交替一瞬间。当然，我外婆也不出生就更好了。我们本应在卵子里的时候就被杀死。这样会更简单。但从时间顺序来说，必须承认，这样会一团糟。

我不怪她。我不怪她拖那么久，就像海胆躲在石缝里那样死死抓住生命。她没有办法预知未来。再说，我也是拖了很久。我在都柏林的海湾里，在海草和海豹当中游荡。是的，爱尔兰冰冷的大海中有很多海豹。大海结冰了。它们是唯一对此感到高兴的。承蒙天地恩宠，它们大量繁殖，像海兔子一样在那儿进食，躺在岩石上准备接受同类的致意。海豹。绝妙的词。我说不出口。一件乐事。这是听觉问题，当人们说"海豹"的时候，我总会听成"他妈的"①。在爱尔兰，这是句脏话。毫无办法，几乎无法改变。在我的老家，说"他妈的"（fuck）

---

① 法语"海豹"（phoque）与标准英语"他妈的"（fuck）发音相近，与爱尔兰口音英语"他妈的"（爱尔兰英语中依然写作fuck，爱尔兰盖尔语中则写作foc）发音相同。

这个词时，"u"是闭元音，舌头往后收，免得说起来那么丢人。这样说"他妈的"，就像在说一种很肥胖的海洋哺乳动物。如此，我们就会不想说这个词。然而，在我的记忆里，在我遥远的记忆里，情况并没有那么糟糕。当然，并非总是如此。但我通常很卖力地练习这个发音。这可是长期以来我最喜欢的训练之一，除此以外当然还有板球和自行车。这证明我人生中还没有受到过什么惩罚。而且，我在工作上很少被投诉。我很少让客户不满意，起码现在如此。可怜的不知廉耻的老头。我最好去睡觉吧。停止思考，停止写作。而且，我不再写了，而是修改，整理，找乐子。用爱尔兰英语还是法语，随便。碎片化写作训练。比如，我的最新或者说最后一篇短篇小说《静止的微动》①。我心想，"瞧，用法语写，那也不错。"——就像一个孩子青睐于拉丁语一般。我在语言方面的确取得了一点"静止的微动"，这是我仅剩下的一切。我不写了，我说

---

① 《静止的微动》（英文名为 *Stirrings Still*，法文名为 *Soubresauts*）为贝克特生前写作的最后一部小说，文笔朴实且篇幅短小，全文仅有约两千词。这篇小说最初用英语写成，此后贝克特自己又将其翻译成法语。

话开始颠三倒四,胡言乱语。我最后一次写作是什么时候?我忘了。我仍会回复信件,这是我残存的教养。我通过回信来展示我所剩不多的东西。我把有关自己的消息告诉老朋友们,告诉英国的出版商们。收到老山姆的消息,知道他在继续工作,他们很高兴,心想:"他还有剩货呢!"然而剩下的太少了。全是一些空格与行间距——白色的沙漠。字数太少了。它们都被用光、耗尽了。人们不相信,但辞藻确实磨损殆尽了。就像学生时代因苦读而被长凳磨平的裤底。就像我的心。我究竟还剩多少?我不知道。就像藏在靴子里面的几枚针。又是靴子。总是相同的词,转来转去,然后消失。今天,在我看来,这张纸无限大。我的笔也拖三拉四。衰老所致。它到处传染。写信也同样。潦草,简略,跟电报差不多。

亲爱的朋友,谢谢你的爱——停——致意。

啊,诺贝尔奖真有说服力!①真是荒唐!我最好还是关灯睡觉吧。如果我睡着了,我可能会回到爱尔兰冰冷的大海——让人提神的海浴,能返老还童。我将在水中睁开眼睛,任凭盐水弄红我的眼睛。那里也许有美人鱼呢。谁知道呢?我会梦到海豹的。

---

① 贝克特于1969年被授予诺贝尔文学奖,但其本人没有前去领奖,反而将获奖视为一场"灾难"。

贝克特先生自主活动能力的评估报告

1989年7月30日

贝克特先生能独立完成"站起""坐下""躺下"三项移动动作（不需要辅助工具，只需借助室内的家具：扶手椅、床、桌子）：

– 无需向他说明、提醒、解释和示范；

– 所有动作都能双向完成；

– 不会置自己于危险之中；

– 能依照自我意愿完成每次必要的移动动作。

贝克特先生可以在养老院内部自由活动（公共活动区域、食堂、治疗室……）：

– 无需指引；

– 可以在院门内的所有生活场所活动；

– 行动有分寸，且适合自己的活动能力；

– 能依照自我意愿与需求自由活动。

贝克特先生没有封闭在养老院内，会经常外出：

– 不必向他解释如何外出；

– 能自己返回养老院；

– 能根据自己的活动能力安排路线和目的地；

– 能在身体状况允许的条件下完成每次外出。

心理学家 K.L.

在三一养老院

巴黎 1989年7月30日

脑子里一团糨糊,手微微颤抖。写在纸上的字难看得要命,像苍蝇的腿,俨然一个流浪者,躲在角落里。我重新用法语写,自己给自己翻译。语言上的精神分裂症,不可救药。对自己的母语又爱又恨,难舍难分。

我集中起日益萎缩的大脑中最后一批存活的脑细胞,很费力地工作:在顺利的日子里,最多也就写下两行。进展如此缓慢,以至于我觉得已经停止。此外,按照物理学的原理,有可能是由于我减慢了速度,所以才停了下来。让我摆脱文字或让文字摆脱我吧!

当乔伊斯视力不佳的时候,他找到了另一双眼睛。他有许多双眼睛。为他服务的眼睛,对他毕恭毕敬的眼睛。他的奴隶的眼睛,他的天使的眼睛。

我开始工作，戴着像自行车的轮子一样圆的眼镜。我若无其事地扶着他的胳膊，若无其事地帮助他穿过马路。每天为他服务，去罗比亚克广场2号。每当夜幕降临，天边出现玫瑰色的晚霞，每当到了用打字机写作的时候，我们便谈论着奶牛和爱尔兰。

我仿佛现在还能看到他，他跷着腿，把一条腿架在扶手椅的把手上。腿悬在那里。他在思考。工作进展顺利。他双手相抱，十指交叉，放在膝盖上。我的眼睛和手则为他服务，为他工作，为他进展中的作品而工作。

到了星期天，那就不同了。我还是会去罗比亚克广场2号，来到被月桂树遮住的黑色大门前。乔伊斯不称呼我为"山姆"，而是叫我"先生"。我也称他为"先生"。也有几个星期天，我们从罗比亚克广场2号的门口出发，拐进格勒内勒路，然后是博斯凯大道，想前往塞纳河边，那时他才会称呼我为"贝克特"。只称呼"贝克特"，不加"先生"，什么都不加，不拘礼节。

在塞纳河边，经常能闻到狗的味道。几十只狗欢快地跳到河里，表演节目，从水里上来时浑身都是水。它们的毛沾满了水，勾勒出它们的轮廓，让它们看起来可怜兮兮的。孩子们安静地看着它们，直到它们开始抖毛。那时，他们会大喊大叫起来。狗甩出来的水就像一场雨，宣告洗澡结束。系着围裙的妇女们重新用链子把狗脖子拴上。轮到半裸的孩子们涉水了。如果天热，如果天气好，毛发很快就能干。有几天，在塞纳河边，我们还能看到给狗剃毛的人，他们戴着草帽，双腿中间夹着一条狗，狗靠着围裙。风把狗毛吹起来，吹得塞纳河边的铺石路上到处都是。有些狗毛在空中飘着飘着就不见了。狗最后终于挣脱了，夹着尾巴走开。星期天看不到这一幕。

星期天，我们沿着铺石的河堤路一直走到天鹅岛①，大文豪在我左侧。这座不再是岛屿的岛有个非同寻常的故事。一个通俗的神话故事。一个乔伊斯喜欢的故事。在国王下令把它与陆地连接起来之前，这座岛叫作鸨母岛。以前农民们在这儿放牛。我不相信这里曾有权杆儿或鸨母，该岛的岛名应解

---

① 天鹅岛（Île aux Cygnes），巴黎塞纳河中央的一个狭长的堤坝状人工岛，岛上矗立着一座自由女神像，一条林荫大道贯穿整个岛屿。

作"我的纠纷"①。纠纷在这里得到解决，塞纳河作证，河底掩埋了受害者和失败者的尸体。利菲河也在流动的圣水下掩藏了很多不光彩的和无用的人的尸体。河流是那些麻烦制造者、自杀者和背叛者的坟墓，他们的尸体在夜晚被冲到浅滩上。未曾侦破的悬案，盘根错节的秘密。

多年来一直如此。没有人来岛上吵架，如果非吵不可，也都相当慎重，不会以任何方式给任何人带来麻烦，当然，除了纠纷的主角。但有一天，某国大使给一位法兰西和纳瓦尔王国国王②赠送了一些天鹅，共四十只。天鹅看起来可比奶牛、农民及其制造的纠纷赏心悦目多了，于是便成了这个岛的主人。国王陛下用尽一切权力去保护这些天鹅，禁止人们在没有许可的情况下上岛，禁止卖艺者靠近，禁止人们偷走天鹅蛋或捕捉天鹅。然而只是徒劳，那些天鹅很快就完蛋了。疲倦的天鹅渐渐灭绝了。肯定

---

① 法语中"鹅母"（maquerelle）与"我的纠纷"（ma querelle）拼写读音相当，只不过后者是由主有形容词加名词组成，为两个单词。

② "法兰西和纳瓦尔王国国王"（Roi de France et de Navarre）是法国波旁王朝国王的头衔。纳瓦尔（Navarre）是法国波旁家族的起源地，位于比利牛斯山两侧，南部于1516年并入西班牙王国，北部于1589年随着纳瓦尔的亨利（即亨利四世）入主法兰西而并入法国。

是在吵了几场架之后。然而没有人知道是怎么回事。岛仍然在那里，虽然它已经不是岛了，而是变成了一个我们此时散步的堤岸，非常安静，只听见几支钓竿泛起的水声，以及我这只可怜的狗对主人低沉而永恒的赞美声。

内部规定摘录

居住者外出

除需采取特殊保护措施以保证其安全的居住者外,每位居民皆可自由进出。本机构的性质为居住场所。养老院不应妨碍居民自由进出,无论其健康状况如何。

若居住者在精神状况能自主分辨风险的情况下决定外出,那么无论风险大小,养老院均不持反对意见。因居住者的精神状况由医生评估,故其外出条件最终由医生及医疗团队决定。

养老院对居住者外出所造成的后果不承担任何责任。居住者如需出行,须事先通知工作人员,以避免引起工作人员的担心,并便于工作人员提供服务。否则,一旦发现有人失踪,养老院将展开搜寻,并将采取的措施通知其亲属或监护人。

在三一养老院

巴黎 1989年7月31日

天晴的时候,我一天出门散步两次。这是我保留下来的小习惯。一点小幸福。小街巷安静得很,没有障碍。首先必须选择:向左还是向右呢?两难的选择。从雷米-迪蒙塞尔街向左还是向右,这类抉择包含的挑战比人们想象中的要多得多。比如,假定我今天选择出门后向左转——我今天的确准备这样做,那么,在我穿过客厅,到达入口的大玻璃门以后,在我出大门之前,我还得提前考虑怎么完成这个转弯。这是年迈的两足动物的特别之处,平衡能力减弱,不能光靠两条腿,还需要双手来帮忙。这是一门艺术,一个十足的麻烦。

根据理疗师的建议,我早早就开始准备,练习怎样把身体的重心转移到那条所谓的"用于转弯"的腿上。我巧妙地利用开门的机会,靠在门上,轻轻地转向。这可以说是一个巧妙的小窍门。实验非常成功。

一旦左转,在迪蒙塞尔街上散步对我来说就变得很容易了。在门牌号码为双号的这边,沿着从大到小的号码一直走,就到了勒内-科蒂大道。我的原则很明智,只去安静的小路,绝不考虑去勒内-科蒂大道这样的喧闹大街散步。车辆众多,人行道经常因道路施工限制通行而拥堵,行人不是很有礼貌。不去。幸运的是,在迪蒙塞尔街尽头,就在到达勒内-科蒂大道之前,有个分岔路口,可以右转——左右交替①万岁——这样就可以走上伊苏瓦尔②墓街。迪蒙塞尔街是一个比较缓的下坡,不是太难走,我恰好可以慢慢走,不用人扶,伊苏瓦尔墓街则不像它表面看起来那么平坦。尽管如此,我还是继续前行,每走两步都停下来歇口气,以节省体力。我终于来到了伊苏瓦尔墓街。那个名叫伊苏瓦尔的巨人

---

① 此处是双关用法,"左右交替"(alternance)既指行走路线上左转与右转的交替,同时又以戏谑的语气暗讽法国政坛左派与右派政党交替轮流执政的乱象。
② 伊苏瓦尔(Issoire)是法国中世纪传说中的一个巨人强盗,常在巴黎通往奥尔良的道路上打劫过往旅客,被传说中号称"短鼻子的纪尧姆"(Guillaume au Court Nez)的图卢兹伯爵擒获后斩首。因体型庞大,其尸首被就地掩埋。

从前就在这里拦路抢劫旅客,旅客们被斩下的头颅就被埋在现在我衰老的脚下的某个地方①。我走了太多的路。在路上,在森林里,跨越沟渠,靴子都被磨出了线头。有一天,我的旧木底皮面套鞋在圣米歇尔大街突然坏了。我像流浪汉一样走着,鞋子开口了,露出里面的袜子。我没有别的选择,只好冲进碰到的第一家商店,买了一双新鞋,尖头的,很漂亮,意大利式的,就和乔伊斯那双一样。换上新鞋,准备出发——重新开始②——继续前行。我松了一口气,把旧鞋放到新鞋的鞋盒里扔掉了。我的旧鞋又厚又重。减去了它的重量,忘了自己已经走了几公里。我走啊走,穿着新鞋子不停地行走。埃德蒙·罗斯丹广场,美第奇路,沃吉拉尔路。我像一只疯狗,一口气走到格勒内勒路,直至罗比亚克广场。乔伊斯不在那里。只有他女儿值得我走那么多路过去。露西娅笑着为我端上一杯茶。露西娅不称呼我为"先生",也不叫我"贝克特"。我们去

---

① 这里指位于伊苏瓦尔墓街下方的巴黎地下墓穴(Catacombes de Paris)。巴黎地下墓穴是位于巴黎十四区地下的著名藏骨堂,面积约1.1万平方米,里面埋有近600万具人类尸骨,现已被辟为博物馆。
② 原文为英文。

看电影或去看戏的时候,她挽着我的胳膊,紧紧地拉着我。露西娅管我叫"山姆"。"我的山姆"。"我亲爱的山姆"[①]。

我没有走很久。没有陪在露西娅身边走很久。我拖着脚步,这是事实,但我没有走太久。春天里的一天,我对露西娅说,我再也不能走了,再也不是"她的山姆"。暴风雨来临。长期以来,乔伊斯家就被乌云笼罩。我再也不是"她的山姆"了,罗比亚克广场的大门重新关上了。我也将自己封闭起来,变得沉默寡言,像一只牡蛎。

---

① 原文为英文。

单独面谈

1989年7月31日

贝克特先生入住时，坦诚地接受了我给他提出的总体诊断。

我与他进行一对一的单独交谈，大约持续30~40分钟，每半个月一次，目的是给他提供一些支持，鼓励他重新融入社交生活。

尽管他非常友好并且能够回答我提出的问题，但仍显得有些自我封闭，他妻子去世后这种情况更加严重。

他不愿意参加由内部工作人员或外部机构组织的各种活动。

然而贝克特先生有许多关心他的亲友。这些亲友每周给他写信、打电话或者来看望他。

这种自我封闭是他入住养老院之前的社交生活的延续。一方面，他与亲友保持着非常紧密的精神联系；另一方面，他在私生活上为自己保留了一大块净土。

近年来，他的很多亲友接连去世，这加重了他的孤独倾向。

不过，他似乎很好地适应了养老院的生活，甚至可以按照自己的节奏继续写作。

考虑到他的身世和精神创伤，我认为没有必要也不应该鼓励他进一步融入社会，否则很有可能会打破他在这里似乎已经找到的新的平衡。

心理学家 K.L.

前　期

在三一养老院

巴黎 1989年8月2日

　　脑子里乱糟糟的，法国和爱尔兰的事情混在一起。可怜的老头。我尽量让自己入睡。放下手中的书，熄掉灯。乔伊斯的灯。咔嗒。我真的把灯关了吗？咔嗒声太轻了。我重新开始，以防万一。灯关了吗？没有人回答我。没有人会回答，山姆。我觉得它好像关掉了。我戴上眼镜，看着灯。我重新开灯，然后重新关灯。开灯是为了关灯。什么都没有变，除了灯光。

　　一道月光洒入房间，从地面一直到我的被子都被月光笼罩，让人觉得仿佛是在贡布雷①那边：脸贴在枕头上，光线从门底下透进来。疑虑消失了。光线，不是月光，而是那束从门底缝隙透进来的光线，它来自门外——这是成群结队的老人的特权。为了以防万一，走廊里的灯一直亮着。人们驱逐黑

---

① 贡布雷（Combray），法国作家普鲁斯特《追忆似水年华》中的地名。

暗，执意要照亮幽灵。夜里，人们看见它们在光亮中死去。炙烤，就像飞蛾扑灯。

乔伊斯的灯。露西娅走后，罗比亚克广场的门重新关上了。灯光熄灭了。咔嗒。不受欢迎的人。到底发生了什么？我不知道。我徘徊在冷漠的城市中，徘徊着，想说点什么，直到光芒又回到我的身边。终于有一天，它回来了，我在天鹅岛小道的尽头找到了光亮，那位文豪在那里等我。终于重新找到了乔伊斯。

瞧，看另一边。脚步声越来越近。巡视时间到了。哨兵们站在桥上，他们身穿白色或蓝色的大褂，脚蹬木鞋。熄灯了。老人们宵禁的时刻到了。除非已是白天。我都搞不清了，像瞎子一样待在房间里，结束与开始彼此不分。我也可以在自己的岛上，跟梅以及我奄奄一息的父亲待在一起。父亲卧病在床，住在山海之间的家中。他闻到了香豌豆的味道。那颗勇者的心渐渐松弛。他在那里发誓，发誓很快就会登上霍斯①丘陵的山顶，躺在凤尾草中，从山顶朝

---

① 霍斯（Howth），都柏林北郊的一个卫星城，原来是一个小渔村，位于一个半岛上，濒临都柏林湾和爱尔兰海。

下尽情大声呼喊。他发誓这不是结束,他仍然爱着都柏林的那片海湾。"战斗,战斗,继续战斗。"他说,然后陷入了沉默。从此,一切变得空白、无声。我不知道该说什么,像是丢掉了舌头。

有人敲门。

我不想说话。我不知道说什么,怎么回答。

有人继续敲门。

我用被单蒙住了脸。

"爱尔兰先生?是爱尔兰先生吗?"

是哪个傻瓜在我门口大吵大叫?难道是我自己完全疯了?我要开灯。不行,如果开灯,她就会知道我还没睡。我要关灯。它没有打开。我指的是灯没打开,没有其他意思①。那个疯子又敲了一次,我是说,敲门。

"您在里面吗,爱尔兰先生?我想跟您说……晚安②!"

我缩在绣着三一养老院红色首字母缩写的白色

---

① 法文中"开灯"(allumer)一词还有"性挑逗"的引申义。
② 原文为英文。

棉被单下一动不动，透过布料，呼吸着带有浓烈洗衣液味道的空气，这味道唯一的好处是能掩盖所有气味。那个老糊涂仍然在咯咯叫着。这时，有人在叫她。

"彼鲁兹太太，您站在那里干什么？我送您回去。"

我抓起医生建议我整夜佩戴的氧气面罩。我在黑暗中摸索着抓起它，赶紧戴上，像个饿汉，像个酒鬼，像个缺氧者。不要光亮，也不要灯，只要空气。空气，该死的！

观察记录

1989年8月3日

泰蕾兹,助理护士(0时至8时):

贝克特先生房间的灯一直亮到半夜2时。

1时左右我去看他。我敲门,他回答我。他正在书桌前读书。我建议他躺到床上继续看书,以变换姿态,防止过于劳累。

他在我面前独立完成上床动作。

根据其要求,我允许他自行决定熄灯时间。

西尔维,助理护士(9时至18时):

10时起床,苏醒较困难。贝克特先生不愿用早餐,并决定继续睡觉。

他向我保证其个人冰箱里有"存货",可稍晚用餐。

卫生：

独立完成沐浴，以确保身体卫生。上半身清洗（包括剃须和梳头）和下半身清洗（私处、下肢）。

请求助理护士协助修剪脚指甲。

穿着：

贝克特先生从衣柜中挑选衣服，独立完成穿戴。

穿上身衣物（汗衫、衬衣、毛衣）和腰间衣物（纽扣、拉链、皮带）并不困难。

穿下身衣物（鞋、袜）花费的时间较长。

在三一养老院

巴黎 1989年8月3日

我被埃尔米娜的电话吵醒,她是导演罗歇·布兰①的遗孀。布兰去世后,她经常给我打电话,有时甚至在一大早。而我是个晚睡主义者,这一点人人都知道。而且,布兰在排演《等待戈多》的时候对她说过:"山姆睡得很晚,山姆是只夜猫子。"布兰去世了,我这才想起来。埃尔米娜也给我打电话。尤其是自从布兰去世后。她问我:"我应该没吵醒你吧?"她明明知道她吵醒了我,却依然这么做。算了,没关系。

---

① 罗歇·布兰(Roger Blin, 1907—1984),法国电影与戏剧演员兼导演,曾执导多部贝克特的剧作,备受贝克特青睐。他于1953年执导了《等待戈多》的首演版本,并于剧中出演奴隶主波卓一角。

我梦见了露西娅。她在比利耶舞厅①。全家人都在那里。大文豪和他的妻子诺拉。他们都在那里为女儿喝彩。露西娅穿着一件饰有鳞片的紧身连衣裙,亮闪闪的用祖母绿缝制的亮片从小腿一直覆盖到颈部,双臂赤裸,两条大腿最后好像并成了一条鱼尾,头上的辫子扎着绿色和银色的发带。她看着我,比我记忆中的她漂亮多了。身材高挑的露西娅随着舒伯特的音乐起舞。她跳着舞,看着我。乔伊斯也在看我。我强迫自己看向别处。我注意到脚下有只斑点狗。我听到露西娅随着舒伯特的音乐跳舞的声音,但我却盯着这只狗看。它眼窝深陷,不是很友善。一双充满野性的眼睛。

双绕环猫跃②,母鹿跳③,我听见露西娅在空中旋转,我的眼睛一直忙于看其他东西,端详着天花

---

① 比利耶舞厅(bal Bullier),二十世纪上半叶巴黎五区的著名舞厅。1929年,第一届巴黎国际舞蹈节的决赛在此举行,露西娅·乔伊斯是六位决赛选手之一,詹姆斯·乔伊斯夫妇和贝克特在舞厅观看了比赛。露西娅在当晚以曼妙的舞姿征服了观众,却未获得冠军,许多观众因此大声抗议裁判评分不公。
② 双绕环猫跃(gargouillade),芭蕾舞动作,即在猫跃(saut de chat)后接腿部环绕(rond de jambe)。
③ 母鹿跳(saut de biche),芭蕾舞动作,即后腿伸展,前腿屈曲。

板上的玻璃天棚。我凝视着自屋顶倾泻而下的炫目光源，聆听着舒伯特的音乐，露西娅踩着他的音符在跳舞。她也许匍匐于音符上？灯光刺痛了我的眼睛，我移开了视线。当我终于定睛于舞台，露西娅跳舞的舞台时，狗咬了我。这该死的狗，长着乔伊斯的嘴脸。丁零。

起床之后，我在没有护士帮助的情况下洗了个澡——强调这一点很重要。这不是说她们的坏话，她们的本职工作都做得很好。而且，退一步说，我最多也只能做到这一步了。简单脱个袜子就要花掉我一上午的时间。一个壮举。在我所剩不多的人生中，我得估算一下清洁自己所花的时间。保持"个人卫生"，达到可以让人接受的程度。清除身上的污泥，否则它们都会把我埋了。比如说，我几乎不可能自己擦背——我的身体不够柔软，柔韧性不足。也不能洗脚，我的手指蜷缩了，双手像是天鹅的脚蹼。我只能弯下脖子，祈祷不要闻到那味道。

只有一个解决方法：泡水。让水来完成全部的工作——为水祈祷吧！让它为我除去污泥，清洗干净。我需要浸泡，直到脏东西被完全泡掉。即使在洗澡之后，也最好不要太靠近我。不要触摸到我柔软无力的肉体、凹陷的骨头和失去光泽的皮肤。

我这副老迈的身躯唯一能引人注意的地方，也许是胸部的伤疤。一条又深又长的刀疤，横亘在一道道皱纹和龟裂的皮肤上。这是主显节[1]的奇迹。

事情要追溯到1938年主显节那天。我只记得一些细节。事情就发生在这里附近，在当费尔地铁站出口。小广场上有个巨大的灰色狮子雕像，肌肉发达，显得很高贵，是小蒙鲁日[2]贵族区的象征。贝尔福雄狮[3]（这是它的名字）眺望着新大陆和自由女神的方向。它平躺着，尾巴在甩动中定格于半空，自负地向在它脚下广场上漫步的芸芸众生显示自己的威武。巴托尔迪的狮子（巴托尔迪是创作它的雕塑家的名字）四肢强健有力，自豪地高昂着胸部。它的肋部经得起风吹雨打，鬃毛令人想起演出结束后

---

[1] 主显节，每年的1月6日，为基督教三大节日之一（其他两个节日是圣诞节和复活节）。相传耶稣在这一天第一次向世人显圣，引得三王来朝。

[2] 小蒙鲁日（Petit-Montrouge），巴黎十四区一街区名，又称"阿莱西亚街区"（quartier Alésia）。

[3] 贝尔福雄狮（Lion de Belfort）为自由女神像作者奥古斯特·巴托尔迪（Auguste Bartholdi, 1834—1904）的另一名作，其复制品被放置于巴黎十四区当费尔-罗什罗罗广场作为街区的象征，面朝天鹅岛上的自由女神像，而天鹅岛上的自由女神像则面朝美国纽约。

小酒馆舞女在化妆间里卸妆时的头发。

那天是主显节,我决定继续拐到奥尔良大道上走走。我一路踩着一片片落叶,小心地避免滑倒,因为天气很潮湿。没有什么比潮湿的树叶更危险了,我在我的岛上因此滑倒过好几次,那里的雨下个不停。在爱尔兰,雨是我们的炼狱。

我小心翼翼地踩着那些枯叶,感觉自己好像在巴戈特街①。唯一缺少的是微醺的声音,歌手的歌声打动了路人的心,而他们自己的心却正被烈酒烧灼。

她死于发烧
没人能够救她
那是亲爱的莫莉·马隆的结局
现在她的鬼魂推着她的手推车
穿过宽阔和狭窄的街道
吆喝着:"鸟贝和贻贝,鲜活的,鲜活的哦!"②

每天散·小会儿步,这是我的一个老习惯了。在

---

① 巴戈特街(Baggot Street),都柏林的一条街道。
② 原文为英文,引自爱尔兰民歌《莫莉·马隆》(Molly Mallone)。这首歌曲被认为是爱尔兰首都都柏林的非官方市歌。

黄昏时分散步。等着天黑去喝酒。艾伦和贝琳达在等着我吃晚饭。以爱尔兰人的方式享用晚餐：边用餐边喝酒谈天。艾伦背诵着叶芝①的几行诗，这是他的习惯。他把所有字母 r 都读作舌尖颤音，背诵道：

猝然一击：女孩在蹒跚
巨翼在头顶拍动，
黑爪摸着她的双腿，巨喙含着她的脖颈，
把她无助的胸脯拥在胸前。②

他点了我的名字，让我接着背下去。接着背《丽达与天鹅》。人们把这都柏林式的折磨叫作"高贵的召唤"③。他们在那群喝酒的人当中随便喊一个名字，那人只能照办。无法逃脱。轮到我的时候，我尴尬极了；轮到我的时候，我感到极不自在，以至于完全无法承担这一重任，作为一个都柏林人的重任。他们的折磨一轮又一轮，有增无减，

---

① 威廉·巴特勒·叶芝（William Butler Yeats, 1865—1939），爱尔兰著名诗人、剧作家，二十世纪初爱尔兰文艺复兴运动的领袖。
② 原文为英文，引自叶芝的诗歌《丽达与天鹅》（Leda and the Swan）。
③ 原文为英文。

我的问题越来越严重:喜欢音乐和诗歌的爱尔兰人,尤其爱干这种事。他们不会错过任何机会,任何唤起我的窘促的机会,任何无可避免地让我越来越难堪的机会。我知道,唯一的补救方式是:灌酒。在背诗之前,当我意识到酷刑无法避免时,我就给自己灌酒,就像赴死的死囚那样。我喝酒,是为了忘记自己身处这群嘲笑我的人当中的不幸;我喝酒,是为了忘记我自己是谁。我是爱尔兰人,仅此而已。

这个主显节之夜过得很快,侍者将外套递给我们,让我们穿上。差不多该结束了。该回家了——这是最痛苦的事情。在一月的寒冷中回家。经过蒙鲁日圣伯多禄教堂,重新沿着奥尔良大道一直走到邓肯夫妇居住的科尔-德-维路。

刚出门,我就听见有人叫了我一声,一个家伙突然出现,像恶魔一般。看起来是个拉皮条的,身上一股窑子味儿。这是一个金发小个子,刮了胡子,很瘦,穿着一件纽扣半开的衬衣,向我要钱,并示意我跟着他。我不喜欢被人随便叫住。即使在路上碰到熟人,我也不喜欢他们在路上随便叫住我,或向我吹口哨。如果他们这样做了,我会假装听不到。

现在就是这样的情况。我假装没注意到他,继续与艾伦和贝琳达交谈。他发火了。他跌跌撞撞,表明他很神经质,并且比我们三个醉得更厉害。他走到我身边的时候,再次重申了他那令人不快的要求:

"别那么小气。给我一点钱,我给你一朵花,一个免费的女孩。"

他纠缠着我。我先是用冷静的语气,后是用坚决的语气,建议他去别的地方看看。他不听,继续挥动着手臂,滔滔不绝。我向前迈了一步,向邓肯夫妇的方向走去。我已经劝他们俩先走。他的手里藏着一把小刀,向我捅来,止住了我的前行。刀抽出来时,我的血喷涌而出。我试图呼喊,却倒在人行道上。

一切都停止了。一片黑暗。随后发生的一切都和我无关了。我像一个死人一样,躺在自己的血泊中。

警方报告

1938年1月11日

1月6日深夜至1月7日凌晨，在奥尔良大道和雷米-迪蒙塞尔街的交叉口发生一起持刀袭击案件。今天早晨11时左右，我们逮捕了一个名叫罗贝尔-朱勒·普吕当的嫌疑人。

证人艾伦·邓肯和贝琳达·邓肯以及受害人塞缪尔·巴克莱·贝克特（爱尔兰居民，32岁，作家，从六周前起居住在位于巴黎十四区大茅屋路9号的利比里亚旅馆）根据照片指认了犯罪嫌疑人。

嫌疑人在迈内大道155号的一家旅馆里被捕。他自称热尔曼·普吕当，机械工，25岁，曾因组织卖淫活动在警察局留有案底。实施犯罪以后，他在旅馆租下一个房间，待在里面不曾外出——每日有亲友为他送餐。

今晨被带到小蒙鲁日的警察局,对犯罪事实供认不讳。

警　员

马农维莱、贝托梅、

格里马尔迪、韦佐勒

当我终于睁开双眼，我发现自己躺在公共病房里。这里像个贫民窟。到处都是病人和床。挤在床上的病人，横七竖八的。甚至连大厅中间也放满了床。有骨折的，有垂死的，有蜷卧在病床上的。每个角落都是呻吟声。有的头被绷带全部缠住，只露出眼睛、鼻子和正在呻吟着的嘴。我很疼，试图从粗糙的被单里重新站起来。不可能。周围的病人在大声地哀嚎。我想逃离这里，逃离这些受苦的贫民，他们的哭叫声让我的头脑更加杂乱了。我什么都不记得了。一点都不记得了。

我希望有个闹钟响起，能让我摆脱这个噩梦。我想找个能说明我确实还活着的标志。我很痛。这就是一个证明，我还活着。

大厅尽头，一个穿黑斗篷和戴黑毡帽的人在一群穿白大褂的人周围跳舞。好像有只昆虫朝我这个方向飞来。

"哎……你醒了?"①

他用双手扶了扶架在眼前的圆形眼镜。我无法集中精神,只好继续保持沉默。疼痛和愤怒交织在一起。待在这里,待在这些目睹着我的不幸的不幸者当中,这让我感到非常愤怒。乔伊斯坐在床边——容光焕发,眼睛里露出了微笑,连带窄窄的小胡子也笑起来,感觉他开心极了……

当天下午,方丹医生走进一片呻吟的病房,跟大文豪热烈交谈。乔伊斯脱掉斗篷,换上了一件皮大衣,大衣没有扣上,露出了里面的西装背心、白衬衣和黄黑条纹的细领带。他紧紧地抓住右边的一盏小台灯。我躺在床上看着他们,像看戏一样。乔伊斯脱下帽子,用左手拿着。在他消瘦的脸颊上方,一头浓密的银发往后梳成一个大背头。看得出他很喜欢这样。方丹医生长期给他的眼睛做治疗。对作家来说什么最重要呢?当然是眼睛。可惜,什么办法都没有了。一天,无奈之下,她甚至向他提

---

① 原文为英文。

出用水蛭进行治疗。因此,在我去拜访可怜的闪[①]的时候(我喜欢在背后给大文豪起外号,这确实有点忘恩负义),那些小东西在房间里到处乱跳。水蛭在跳,闪趴在地板上大叫,他儿子乔治试图捉住它们。完全疯了,这女医生是个疯子。所以,看到她向我走来,我心里很不放心。不过,意识到我只能接受自己的命运时,我尽量做到不露声色。

"乔伊斯先生,我给您的朋友找到了一个单人间,但费用必须全部由您出。"她说。

好吧。乔伊斯朝我点点头,没有说话。他向我指指台灯和从背心里掏出的一份手稿。当他们把我转移到我之前如此渴望的安静的病房里的时候,我心里只想着一件事:快快痊愈吧。

[①] 闪(Shem),本为《圣经·创世记》中人物,挪亚的长子,亚伯拉罕的先祖。乔伊斯以"闪"命名其作品《芬尼根的守灵夜》中一作家形象,并将《芬尼根的守灵夜》视为闪的作品,因此闪即是作者乔伊斯的化身。贝克特称呼乔伊斯为"大文豪"也来源于乔伊斯对闪的称呼。

不再等待戈多

布鲁赛医院住院办公室

巴黎1938年1月21日

塞缪尔·巴克莱·贝克特先生

32岁

身高：1.82米

体重：72公斤

爱尔兰籍

病人于1938年1月7日凌晨由救护车送到医院。大约于凌晨4时由于胸膜被刀刺伤而失去意识。

他于第二天自然苏醒。由于缺乏行动能力，直到1月17日才进行肺部X光透视检查。依据X光片，确诊其为胸膜出血。出血有待自然吸收。胸膜正处于愈合中。肺部未受损伤。

病人定于明天，即1月22日出院，须继续服用止痛药并多加休息。需定期到布鲁赛医院找我或福韦医生复诊，进行X光片检查和拔罐治疗。

泰蕾兹·方丹
巴黎公立医院集团①医生

---

① 巴黎公立医院集团（Hôpitaux de Paris），巴黎地区的一家公共卫生机构，负责统筹管理巴黎和法兰西岛地区几十家公立医院。

在三一养老院

巴黎 1989年8月4日

我严格遵守医嘱,浴室里挂着一个蓝黄双色的告示牌,上面写着具体规定:

住户须遵守养老院有关身体卫生与健康的基本生活守则。
在必要的情况下管理层有权干涉。

到目前为止,一切都朝着好的方向发展。浴缸的水渍证明,我很乐意洗澡,也毫无疑问地使用了肥皂。白色的肥皂泡沫仍然漂浮在逐渐冷却的水面上。从浴缸里出来,对我来说是另一项艰巨的任务。我必须计算好再行动。计算好角度。我的第一个目标是移动到浴缸另一端的椅子上。关于这一点,指示很明确:先坐到一个为此准备的塑料椅子上，通过中转的方式从浴缸里出来。

感谢制造商的这一巧妙设计，这把所谓的椅子悬在浴缸上方。这真是工程师为老人定制的伟大发明。我抓住了把手。椅子有两个把手，一个固定在墙上，另一个固定在浴缸边缘，两个把手构成了上述转移计划的全部。我先起身，然后猛地坐到椅子上。喜忧参半。虽然我准确地到达了指定位置，但屁股被撞了一下。我没能控制好着地速度，或者说着月速度。同时我必须承认，我的臀部主要由尖锐的骨头组成，所以没有给我多大的帮助。不过，我必须说明，这把椅子不是很舒适。它很硬，远远不是一把软座椅。我这么说，是因为我现在已经不习惯任何硬的东西了。好了，不说这些了。

一旦坐到那把椅子上——那把悬空的椅子，我就感觉没那么糟糕了。我喜欢这样坐在高处，双腿仍泡在浴缸的肥皂水中，这样可以保持适当的温度，让我感觉很舒适。我保持这样的姿势坐了一会儿。腿肚子浸在水中，脚趾干瘪，双脚像站在四十英尺岬角①的岩石上。我看见父亲在那片"男士专

---

① 四十英尺岬角（Forty Foot），位于桑迪科沃的一个岬角，北临爱尔兰海，是都柏林的游泳胜地。

用"的岬角潜水。我和弟弟跟在他身后。跳水的兴奋感淹没在死亡般冰冷的水中。我们这几个瘦得像布谷鸟一样的人游着泳,眼睛盯着海湾。爱尔兰海使我们振奋起来。那片冰冷的海。

桑迪科沃,格兰纳盖里,邓莱里。我捡起一些小石子,把它们放进我的口袋里。我经常这么做,口袋都被小石子撑破了,所以母亲老是骂我。母亲是个冷酷之人。尽管如此,我还是继续捡我的小石子。我没法停止。我裂开的口袋里塞满了小石子,它们不可避免地沿着大腿滑到长裤里面,最后落到脚上。就像我之前做的那样。我又立刻捡起它们。几十颗小石子,都把我的口袋撑破了,我原以为它们能把口袋的破洞填上呢!石子像下雨一样从口袋里落到草地上,形成了一座小型坟墓。迷你坟墓。这座爱尔兰坟墓已被我留在脚下。留在海防要塞的高塔脚下。

那座高塔今天好像叫乔伊斯。詹姆斯·乔伊斯塔。

*我将走上天主的祭坛。*①

---

① 原文为拉丁文,本为天主教礼拜用语。在乔伊斯的作品《尤利西斯》开头从渎神者勃克·穆利根口中说出。

这是他的开头。我的开头不好——一开始就存在很多不足。有一个好的开头很重要。我离开爱尔兰的方式不是很愉快。然而，我必须回去。很多次。由于离开，我再也没有回去。

必须找到一个办法。再舒服的泡澡也会结束。我小心翼翼地调整了双腿的运动路线，设法移动到特地为我放在浴缸前的老人专用矮凳上。这比德加①画中的舞女们上楼梯要安全得多，她们的细腿只用脚尖一点就来到舞台上，我离她们差得远呢。远极了。

*

今天早上，一个身份不明的人闯进了我的房间。那家伙的同党通常是来教我如何站立的。看起来这是预先安排好的。好吧。一进入我肮脏简陋的住所，他就明确宣布了自己的意图：

"贝克特先生，我们来做个简单的平衡测试。"

---

① 埃德加·德加（Edgar Degas, 1834—1917），法国印象派画家，因其芭蕾舞女题材画作而闻名于世。

为了让我放心，他觉得有必要补充点什么，于是说道："您什么都不用担心，很简单，您只要按照我说的来做就行。"

真倒霉。是的，从童年开始，每次人们要求我按照某种方式做什么事情的时候，我感觉我立刻就严格按照指示去做了，实际上却并非如此。有时机缘巧合，我甚至可能做了跟他们的要求完全相反的事，而自己却没有意识到。我知道，这会给他人这么一种感觉，好像我对什么都不在乎。大多数时候，事情完全不是这样的，我尝试着把事情做好，可我的行动不听我的使唤，违反了我的本心，让我陷入逆流之中，困在矛盾的海洋里。小时候我就经常因此付出代价。我的耳朵现在依然发烫。我经常为此付出代价。我一无是处。我是一个麻烦——一个讨厌鬼①，就像我家里人说的那样。一根错位的刺。错位得厉害。我对此备感遗憾，却无能为力。因此，现在由于意识到自己存在这种先天缺陷，我没有以对方那样的热情去对待这一测试。他的这番热情倒让我觉得他对生活给予我们的测试与考验一

---

① 原文为英文。

无所知。我们没有太多的空暇来维持过度的热情。我们别谈这个了。

他热情得咄咄逼人，头发像喜马拉雅山上的雪人，紧绷的上衣里露出了让人恶心的胸毛。他嗓音洪亮，我都不敢说是否听明白了他说的话。他小心地拿出一个大的笔记本，本子的边上卡着一支笔芯可收缩的浅红色圆珠笔。他紧接着宣读了以下这句高深莫测的句子：

"来吧，贝克特先生，平衡测试：伯格式量表。"他觉得最好用以下这句话来补充："开始了，我的小克克。"

他既没有详细解释他要我接受的测试的来龙去脉，也没有说明小克克是谁，所以，一开始我决定不理会那头熊的这般亲昵（他说的那个小克克，也许就是他本人？我开始这么想）。因为总的来说，在野兽的想法与行为之间存在着某种一致性。

刚刚开始演示，那头野兽就重新提出要求，建议我做一系列杂技般的动作，我乖乖地服从了，坚信不疑，就像我还是教区孩童时那样。

"贝克特先生，请试着站起来，不要用手辅助。"

我试了一次，功亏一篑。我重新试了一次，又失败了。并没有好多少。

"等等，我做个笔记：可以单独起身，但需要手的帮助。继续，重新开始。"

上帝会以另一种形式保护我们的。

"现在，试着站立两分钟，不要撑在其他东西上。松开双手……对了。挺好的，贝克特先生！现在把眼睛闭上，再做一遍。"

那个畜生把我当作一个刚刚报名参加他的体操课的仙女了？我的双臂疲惫不堪——这来得显然不是时候。太不是时候了。在折磨我的那个人的命令下，它们正准备跳死神之舞①呢！

"把手臂抬到90度。手指伸直，尽量向前伸，伸得越远越好。注意站稳，贝克特先生，小心摔倒。"

我属于那些跌倒的人，我想。那些滚落的人，滚落到家具底下，滑倒在山腰上。我喜欢摔倒。看，这句话用了头韵法②。我一直喜欢摔倒。在福

---

① 死神之舞（danse macabre），欧洲中世纪时兴起的文艺创作主题，常见于当时的壁画与版画中。画中的活人与尸骨共舞，意在表现死亡之普遍性。

② 头韵法（allitération），法语中常见的修辞手法，即在句子中连续数次重复相同的辅音，使其富有韵律感。法文中的"我喜欢摔倒"（Je chéris la chute）出现了两次[ʃ]音，使用了头韵法。

前期

克斯罗克，我从山顶落下，张开手臂，等待冷杉的热情拥抱——最后的一道防护网于最后一刻把我拯救。在掉下来之前，我听到山顶风在吼，针叶沙沙作响。我和它们一起在风中摇曳，幅度越来越大，我就像一只没有羽毛的鸟，在向下俯冲。我一次次跌倒，但又重新站起来；一次次被击倒，一次次重新开始。多少次面临死亡，但我总是死里逃生。从某种程度来说，我是不死的。

当那个怪物对我发出最后这道指令的时候，他的声音和我爬向山顶时引起的树枝摩挲声混合在一起。在那棵大树上，我又看到了凯里蒙特大道和库尔德里纳①，顿觉头晕目眩。我属于那些跌倒的人，我想。我使劲吸气，沉浸在呼吸能给我带来的最大快乐之中。那热情的双臂仍然抓着。不会死的。摔得很糟，但还没有死。

---

① 凯里蒙特大道（Kerrymount Avenue）和库尔德里纳（Cooldrinagh），均为爱尔兰地名。凯里蒙特大道位于贝克特的故乡福克斯罗克，库尔德里纳则是位于凯里蒙特大道边的一个城镇教区。贝克特家的祖宅建于库尔德里纳，他在此地度过了童年时代。

*

昨天，等到该出去散步的时候，我正要穿上外套，一个叫"雅克琳娜"（或者是卡特琳娜，我老是弄错这两个名字）的人训斥了我——就像回到了孩童时代。总是这位女士，指责我在长裤的口袋里放了很多面包片——这是控诉我的缘由。令人讨厌的嗜好。她不满我吃得不够多，并且浪费了粮食，实在是"令人不能容忍"。她对我说，在我裤子口袋里发现的面包片引起了一系列我似乎没有想到的后果，她有必要详细地告诉我。

根据"个人衣物由养老院负责洗涤并且送回"的规定，那条藏满面包片的裤子没有被仔细检查就和其他衣服一起洗了（时间不允许，她对我说，"您想象一下，如果我们要对每个人的衣服都进行检查，这个工作量……"）。我的裤子和其他人的衣服被面包碎屑弄脏了，毋庸置疑，也差点损坏了三一养老院的洗衣机。那台洗衣机可以说还是新的——因为才买了几个月——幸亏请维修人员清洗了过滤器才避免了损坏。这是件不可原谅的事情，不可以再发生。

我意识到了问题的严重性,没想到我会犯这么大的错误,而且我觉得怎么也逃不过去,于是决定作深刻的检查。唉,来不及了。她显然很喜欢争吵,这个女检察官开火了。她提请我注意——以防我想找各种借口来逃脱她的指控——要洗的衣物都认真地标明了主人的姓名(内部规定第12.2条例,摘自《衣服及各类用品》一节),因此,她掌握了非常确凿的证据来证明这是我的不法行为,那条裤子上有我的姓名缩写"S.B."。[①]

够了。废话太多了。我决定到此为止。由于发生危险或令人不愉快的事时,我的腿不允许我逃跑,几个月前我就被迫实行了下列计策。在遇到麻烦时,老人唯一的武器就是死去或消极回应。对我而言,很不幸无法选择第一种方式,于是便吸着氧气,躺在床上,假装很累,闭上眼睛。立刻生效。进攻者被迫降低了她的声音,因为她是工作人员,并且懂得在大好形势下马上见好就收。确实是这样。穿着苹果绿外套的"恶龙"收住了话头,离

---

① 塞缪尔·贝克特(Samuel Beckett)的名和姓的首字母分别为S和B,由此组成其姓名缩写"S.B."。

开了。我把手伸进裤兜里,感受当天裤袋里的面包屑。就是这样。我和鸽子或者随便什么飞过的鸟分享我的早餐,应该受到这样的指责吗?在格雷斯通斯①,我从厨房的窗口往外扔面包屑。我家在通往布雷角墓地的路上,我常常看到秃鼻乌鸦飞过,它们的喙笔直朝向北方。我向外扔面包屑,只有体型圆润的欧歌鸫敢于靠近。在客厅里,只听见无线电广播的声音。有一天,它把战争的消息送到了我们耳边。我母亲和我的耳边。张伯伦②的宣战演说回荡于客厅。

今天,我们和法国将履行义务,出兵援助波兰。她正英勇地抗击那向其人民发动的邪恶而无端的攻击。③

梅向布雷角墓地的方向望去,而我正在准备离

---

① 格雷斯通斯(Greystones),爱尔兰东海岸的一处度假胜地,属威克洛郡。贝克特早年常与家人一道在此度假,其父母逝世后被埋葬于此。
② 亚瑟·内维尔·张伯伦(Arthur Neville Chamberlain, 1869—1940),英国政治家,1937—1940年任英国首相,在第二次世界大战前夕对纳粹德国实行绥靖政策,加速了二战的爆发。
③ 原文为英文,引自英国首相张伯伦1939年9月3日在德国进攻波兰后发表的对德宣战演说。

开。低着头往前走，嘴巴直指地面。笔直向前冲，像以往一样，冲向那些麻烦事。

*

一般来说，当我准备离开的时候，总会有些事情发生，像一只隐形的手，把我留下来。长久以来，我一直相信那是我母亲。梅又干又冷的手悄悄地安排一切，让我的离开障碍重重。那天，我刚刚在纽黑文①下船，准备回法国，我母亲好像化身为一个纽黑文官员，我从他的官员身份中认出了那张脸。他禁止我离境，禁止我为法兰西效力，我比任何人都认同法国的习俗——无论是好习俗还是坏习俗——甚至包括语言。"甚至包括语言。"我对他说。但他什么都不听。

"请出示您的证件。"他对我说。

我没有离境许可，而其他旅客都一个个出示了许可证。他什么都不听。看到我的证件上有"爱尔兰"三个字，这位官老爷突然来了兴致，兴致勃勃

---

① 纽黑文（Newhaven），英国东南部英吉利海峡边的一个港口城市。

地和我谈起了威士忌、三叶草①和三一学院②。我尽可能冷静地忍受着这强加于我的折磨。有些人有一种滔滔不绝却言之无物的特殊本领。而我这种沉默寡言的人却偏偏经常遇到那样的人。我等待着解放，等待着脱身，无论是解放还是脱身，只需其一即可。我已经对这事不抱什么希望，除非发生奇迹，因为我觉得自己的处境太不利了。然而，奇迹竟然发生了。天知道为什么。章盖了下来。从来没有看到一个前往正在打仗的国家的人像我这样开心。

"贝克特先生，如果您想离开，就请现在离开，马上就到午餐时间了。"

门半开半掩，没有看到恶龙，道路畅通无阻。"我走了。"我边想边费力地靠着桌子，然后夺门而出，双手插在我鼓鼓囊囊的口袋里。里面全是面包片。

---

① 三叶草，爱尔兰国家的象征符号。
② 都柏林三一学院（Trinity College Dublin），爱尔兰最顶尖的高等学府，贝克特毕业于此。

*

遛了会儿弯儿——归去来兮(夸张法!)!回来后有张打印的纸条在桌上等我。写给我们这些"住客"——十分夸张的字眼。为什么不用"扶着墙壁在走廊里到处乱走,还用拐柱磨损亚麻油毡的老东西""闲逛之王""椅子的拥趸""需要投喂的凤凰"?我不知道。有点天花乱坠,真是见鬼!这说的是什么话。但不管怎样,三一养老院的那个女总管——她其实挺漂亮的,而且好像喜欢舒伯特的音乐——在教训我们这些住客。关于电视机的事情。她是这样写的:

"住客可以携带自己的电视机或收音机,但需要调低音量,不能打扰其他住客。"

到目前为止,没什么好抱怨的。虽然说我对那个盘着发髻的贵妇邻居持保留意见——大声地自言自语,一大清早就会躁动不安——我还是要感谢上帝,让我无需忍受电视机的吵闹。应该承认,那些戴着助听器的人被"工作人员"看得紧紧的,并且经常被要求搬到公共大厅去收看他们热衷的电视节目。这让我感到非常满意。

由于我的房间里没有电视机,我就草草略过关于"维护和检查易引起事故(火灾、爆炸)的设备"那一小段。以及关于联欢和其他庆祝活动的费用的那一小段。

瞧,我在纸条的页面底部看到一个"请注意"。不同寻常的注意事项:

由于五国橄榄球锦标赛现在正由电视转播,养老院为希望观看比赛的住客提供便携式黑白电视机,但需要支付押金。住客们可以在比赛时间把电视机带回房间收看,比赛结束后交还前台。

感谢您的阅读。

祝好。

养老院办公室

感谢上帝!虽然我是个无神论者!

*

(电视机)

"啊,他会一直冲到底!塞尔日·布兰科在两个门柱之间带球达阵①!太棒了!法国人又完全进入比赛状态了!仅在几分钟之内!又一次在对方半场带球触地得分!弗兰克·梅奈尔从22米处传球,塞尔日·布兰科奇迹般地用手带球触地得分!这是法国人本场比赛的第三次达阵!法国队的触地得分太精彩了!在完成此次达阵之前,他们进行了至少15次的传球,最后由塞尔日·布兰科一球定音,他是胜利的象征。他刚刚完成了锦标赛生涯中的第24次达阵。这意味着他将成为法国队有史以来的最佳得分手!

让我们再看一遍弗兰克·梅奈尔发起的进攻和前锋间的传接配合。波尔托兰在这次进攻中起着非常重要的作用,就像大家所看到的那样,他站在中线。布兰科进攻了,传给卡米纳蒂,再传给拉丰,后者躲开了对手的抱腿,重新传给了布兰科,然后是罗德里格斯……看谁在那里!又是波尔托兰,在五十米之外!爱尔兰人出现了防守缺位……小心!猪拱进了玉米地!②

---

① 达阵,橄榄球比赛术语,即触地得分。在英式橄榄球比赛中,进攻队员攻入防守方得分区后用手持球触地即完成达阵,得5分。达阵是单次得分最高的得分方式。
② 法国俗语,意为"糟了"。

不再等待戈多

　　爱尔兰人发球。艾恩弄丢了球，贝尔比西耶得球，好极了！传给卡米纳蒂，再给过来协助的翁达尔，翁达尔发起冲锋，被挡了回去，球又回传给了贝尔比西耶，贝尔比西耶传给梅奈尔，球再传给布兰科，布兰科又传给拉吉凯……天呐！拉吉凯那疾速奔跑的双腿！他能坚持到底吗？太好了！法国队又一次达阵！法国队的比分反超！多么精彩的逆转！

　　让-巴蒂斯特·拉丰达阵后追加射门成功！加两分！法国队现在26比21领先爱尔兰队，比赛时间只剩下7分钟了。这场比赛实在是太精彩了，刚开场时候的比分曾经是0比15！然后比分一度来到7比21。多么精彩的反超！比赛结束了！我都不敢相信自己的眼睛！"

　　耶稣在骑自行车！①我也是，不敢相信自己的眼睛。愚蠢的三叶草队！他们只配去田里收土豆。猪拱进了玉米地！啊，踩平了玉米，把田啃秃，要准备饿肚子了。他们并不是第一次经历饥荒②。那些饿

---

① 法国俗语，意为"不可思议的事情"。
② 爱尔兰于1845年至1850年间发生大饥荒，又称"马铃薯饥荒"，起因主要是疫病导致马铃薯歉收。马铃薯是当时爱尔兰人的主要粮食来源，再加上英国殖民当局管理不力，导致爱尔兰人口损失四分之一，对爱尔兰历史产生了深远影响。

鬼的后代，马铃薯饥荒幸存者的后代。难道他们没有感到大难临头吗？

天呐，如果我的腿脚还灵便就好了。我在过去腿脚灵便的时候，跑步跑得并不赖。我跑得和兔子一样快，瘦长的双腿弹性好得很。在球场上我一般是12号或者13号，总是当中锋。准备好手脚并用。在边界拍击传球——我以拍击传球手的身份为众人所熟知。膝盖朝上，眼睛看着草坪，准备鱼跃扑球，我盯着对手粗壮的小腿，追赶他们，给他们使绊子，抱住他们的腿把他们摔倒在地，直挺挺地压在地上。直到对手的支柱前锋倒地，双手无力地松开，任由球被人夺走。

往前往后，向左向右，我甩开跟在我后面的人，发起冲锋。闯进浓雾中，直到一个身影止住我疯狂的奔跑，紧紧抓住我的身体，让我来了个嘴啃泥。我被巨大的身躯压在底下，祈祷比赛快快结束，希望听到终场的哨声。我倒在雏菊中，发誓这将是最后一次参赛。每次都像是最后一次，唉，可每次都不是。

在三一养老院

巴黎 1989年8月5日

刚才,娜嘉护士(多美的名字!)来敲我的门,她有着一双美如"蕨菜般的眼睛"①。她有些担心我,担心我的饮食方式,或者更确切地说是担心我不吃饭。

"像颗钉子一样瘦。"她这样说我。"这说法一点都不新鲜。"我对她说。"像铁轨一样瘦。"②我母亲就曾这样说我。瘦得像铁轨一样,像树枝一样,像通心粉一样,像小树苗一样,像寄宿学校的床板条一样。"简直像一个骨架!"看见我穿着短裤,露出长腿和外翻膝盖的样子,梅惊呼道。一个

---

① "蕨菜般的眼睛"(yeux de fougère),引用自法国超现实主义作家安德烈·布勒东(André Breton, 1896—1966)的作品《娜嘉》(Nadja)。该作品中的女主人公娜嘉有着一双蕨菜般的眼睛,是二十世纪法国文学作品中最著名的女性形象之一。

② 原文为英文。

平面人，和卷烟纸一样薄。

我的回答并没有让娜嘉不知所措。需要更多的东西才能让她感到吃惊。我不知道到底需要多少，但需要更多，这是无疑的。她那双蕨菜般的眼睛盯着我的眼镜，像是要宣布一件非常重大的事情一样。她说，她已**向医生建议对我的饮食做个研究。她希望能提前告诉我，免得我对新菜单的餐量感到惊讶**。宣读得真好。

从这一点来看，我从来没有理解这里的习惯，因为晚餐所花费的时间越多，实际上意味着喝酒的时间越短。十足的爱尔兰思维方式，我承认。这里的饮食不是我喜欢的类型，其他肉对我来说又太贵。就是这样。

娜嘉用几句铺垫性的好话开始了她的演讲。她向我保证，这里一定没有人怀疑我自主进食的能力。她特别强调了"能力"二字，好像对于我这样的老笨蛋来说，能独立进食是一项壮举。她强调我吃饭时"很整洁"，使用叉子时很灵活。她就这样说了一通，而我却在考虑这个问题：我是怎么到这个地步的？生活是怎样用这么伪善的方式，把我变成它的一个小丑的？我的一个小丑。我的一次谵妄，我的一番噩梦。流浪汉萨米①，没什么牙齿，头埋在饭碗里。像是波卓的奴隶幸运儿②，不再等待什么。这个美人儿越讲越来劲，我却依然在思考这个问题。当我回过神来时，评说改变了论调。

"贝克特先生，护理团队发现，几天来，由于身体抖动，您无法用刀叉切肉，无法打开酸奶盖，无法给水果剥皮。您的餐盘上留下了很多的食物，也许您是害怕把它扔掉。"

由于我没有回答，她径自继续说道：

"医生建议我们调整您的饮食，同时重新给您补充注射营养液。

"这是您明天的菜单：

"午餐：营养强化型蔬菜汤、干酪糜、牛奶拌炒鸡蛋、营养强化型香草布丁（加口服营养补充剂）；

"晚餐：谷物浓汤（加蛋白粉）、蔬菜土豆泥（加牛奶和黄油）、糖煮水果（加白奶酪）。"

我觉得乌云从来没有压得这么低过，生活的

---

① 萨米（Samy）是英文名塞缪尔（Samuel）的另一种昵称。
② 幸运儿（Lucky）是《等待戈多》中的人物，是奴隶主波卓（Pozzo）的奴隶，对主人波卓言听计从，逆来顺受，没有思想，不抱有任何希望，不等待任何事物。

道路像咽喉那么狭窄。我看着娜嘉却在想着另一个人，那人的双眼"每天清晨在新世界的大门前睁开，看到巨大的希望拍动着翅膀，那声音跟恐怖的叫声混在一起，彼此难分"①。那种恐怖是由我刚才忍受的不停的唠叨引起的。它有双蕨菜般美丽的眼睛，不停地在我耳边嗡嗡作响。

*

午饭后，我扫了一眼挂在床头的记事本。令人愉快的阅读时间。贝克特先生顺利地吃完了一大盆，他去散了步，我们给他换了木屑——表现手法可与"便便伯爵夫人"②相媲美。我这只两足动物的生活被记录在一本塑料套封的绿色大笔记本上。啊，果然不出所料，问题就在这里。我就像被伊塔

---

① 引自安德烈·布勒东《娜嘉》中对女主人公娜嘉双眼的描写。
② 引自马富尔·普鲁斯特《追忆似水年华》第四卷《所多玛和蛾摩拉》（*Sodome et Gomorrhe*）中人物莫雷尔（Charles Morel）的一段话："无论是在便便伯爵夫人处嘘嘘，还是在嘘嘘男爵夫人处便便，最终结果都一样，您不得不放弃尊严，用沾满粪便的抹布充当卫生纸来擦拭。"

尔医生用望远镜仔细察看的阿维隆的老年维克托①。

有些段落很荒谬:需要牢记气雾剂和洋葱蘑菇汤的"供给量"。这些段落跟垃圾桶里的东西差不多。这就是垃圾。

简介页。糟糕的开头,缺少文采。本可以开门见山,指明这位男性是老龄人,来自爱尔兰,有浓密的黑白毛发。其他还有什么可写?他是一只孤独的动物,但没有什么攻击性。他最希望的是不要被打搅。

其余没什么好说的。人们从各个方面检查这只野兽:移动速度、栖息地适应性。极其注重细节。评估其残存的能力,结果有点残酷:呼吸不畅;对一个成长于宗教家庭的人来说(尽管他是新教徒),屈膝奉承②的能力低于人们的期望;非常懦弱。总是同样的问题,同样的回答,被细致地归列——老年人的官方档案。

至于这个老头的脸,没什么好说的。但还是可

---

① 阿维隆的维克托(Victor de l'Aveyron, 1785?—1828),12岁时在法国阿维隆野外被发现的野孩子,伊塔尔医生(docteur Jean Itard, 1774—1838)曾试图让他回归社会,却没能达到目的。

② 天主教弥撒仪式中常有屈膝礼,该礼仪在新教中被废除。

以说说的：数不清的皱纹，鸡脖子，满口假牙。像戈雅那幅画作①中的人物，皮包骨头，背景很暗，呈灰绿色。老人坐在汤前，患病的手艰难地拿起汤匙，闭着嘴苦笑。他重复着用餐的动作：汤匙，汤。枯黄的眼睛凝视着呼唤着他的死神的暗影。汤被送到嘴里，但他没有吞咽。他等着感觉好一些后再吞咽。

那些粉红色的纸，我认识。是"出行卡"。我是怎么去的，怎么回的。去到哪里，又是谁陪着我。除了在养老院周边的散步以外，我都需要别人扶着、拉着。而且，按照程序规定，我要坐救护车回养老院。总是坐救护车。这是一种病。无论我做什么，最后都不可避免地坐上救护车。以前是坐在前面，现在坐在后面。

以前，我曾拼命穿行于巴黎，运送着躺在毯子下的伤员。那是战争时期，需要运送轻伤员、重

---

① 弗朗西斯科·何塞·德·戈雅-卢西恩特斯（Francisco José de Goya y Lucientes, 1746—1828），西班牙画家，浪漫主义绘画先驱。此处的画作指其于1819年至1823年间所作的《两位老人喝汤》（*Dos viejos comiendo sopa*）。该幅绘画为戈雅"黑色绘画"系列作品之一，画中背景晦暗，两位皮包骨头、近乎骷髅的老人在用汤匙喝汤。

伤员和垂死者。我忙碌着,直至前线溃败,军队溃退,直至听到敌军士兵靴子咔嚓响,把地面踩裂,直至他们控制了一切,直至黑夜。我们这些抵抗运动的不脱产级别成员①,为了上帝和英王陛下,痛击敌人。我们用火柴盒传递着情报消息。我们为英国人而战。

有一天,我们撤退了。必须赶快跑。叛徒叫罗贝尔。罗贝尔·阿莱施,是个牧师。一个大罪人。他叛变是为了钱,布道时却不收一分。战友们倒下了,我跑了,躲藏了起来。

---

① 法国官方于战后认证抵抗运动成员时将所有成员分为O极、P1级和P2级三个等级。O级为非正式成员,P1级为不脱产正式成员,P2级为脱产正式成员。

在三一养老院

巴黎 1989年8月6日

露西娅的几封信从书架上掉了下来。信夹在王尔德和乔伊斯之间,夹在卡夫卡和叶芝之间。字迹潦草,纸张泛黄褪色,时间可追溯到露西娅在逃不出的大门后写作的时期。在两针之间,两次治疗之间,两次流亡之间。尼翁①,屈斯纳赫特②,伊夫里③,波尔尼谢④,伯格霍兹里⑤……从一个收容所到另一个收容所,露西娅经历了人间炼狱。永远的囚徒。

每周,我都会去奥尔良-环线火车站,那里有

---

① 尼翁(Nyon),瑞士西部法语区的一座城市。
② 屈斯纳赫特(Küsnacht),瑞士苏黎世州的一个市镇。
③ 伊夫里(Ivry),法国马恩河谷省的一个市镇。露西娅·乔伊斯于1935年至1951年间在此地一家精神病医院接受治疗。
④ 波尔尼谢(Pornichet),法国西部大西洋海滨的一个市镇。
⑤ 伯格霍兹里(Burghölzli),瑞士苏黎世大学精神病医院所在地。露西娅·乔伊斯曾在此接受瑞士著名心理学家卡尔·荣格的治疗。

红色的砖块、白色的城堞。我乘坐下午1点44分的火车,一个小时后到达伊夫里。露西娅在慢慢地沉沦,囚禁于墓地的围墙内。语言受到了限制,她说不出话来了。大家都离开了她。但她告诉我,她能听到对她说话的声音。我也跟她说话。她并不回答。在被抑制的尖叫中,在沉默织就的束身衣中,她听到了什么?我不知道。他们都离开了她。她感觉到他们都离开了,觉得自己也离开了。露西娅迷失在沙漠中。只有两个人还穿过这道门来看望她:她父亲和我。她父亲乔伊斯和山姆。1941年1月13日,她父亲去世了——再也没有父亲了,再也没有乔伊斯了。那时正处于战争期间,他只是成千上万死者中的一个。露西娅在报纸上读到了她父亲离开我们的消息。他离开了她。她把自己埋得更深了,埋藏在沉默中。

露西娅的信露了出来,从书架上掉了下来,掉在了书的封面之间。掉在乔伊斯和王尔德的书之间。

野蜂嗡嗡地在花丛中飞舞,
毛茸茸的外套,薄纱般的翅膀,
一会儿在杯状的百合花里,

前期

一会儿摇动橘红色的金钟花,
逍遥自在地游荡。①

他们都走了。苏珊、王尔德、乔伊斯、露西娅。他们都走了,我必须不断地提醒自己。

---

① 原文为英文,引自爱尔兰唯美主义诗人与作家奥斯卡·王尔德(Oscar Wilde, 1854—1900)的诗作《她的声音》(*Her Voice*)。

在三一养老院

巴黎 1989年8月9日

又是隔壁的疯婆子在叫唤。她每天早上都在洗漱的时候唱歌——天天如此。好像水龙头也张开喉咙大唱特唱。向右转两圈,开唱:青春之歌,秋之歌,洗头的声音。老太太的声音会随着水温的变化而变化,水越热,声调越高,但声音强度却因受房间湿度影响而与水温成反比。这头老母羊的声音变化多端,有很多保留曲目:交替唱着开心或悲伤的歌。流着,流淌着,像靴子陷入泥浆,穿过隔板,重新勾起了人们的痛苦。在同侪中纪念她的衰老,直到浴缸的塞子拔起,美人鱼的歌声干涸,这时才恢复寂静。老太太在她最后的居所中嘈杂的寂静。战后,梅总喜欢坐在窗前。她不唱歌——她从来不唱歌或者唱得非常之少,也许在望弥撒时,才这样张开嘴,但很快就合上了。她坐在窗前,没有唱歌，什么都不做，只是望着远山微微颤抖。她的两只眼睛瞪得像杯垫一样大，如同在她手中抖动的茶碟。尽管她在竭力控制，茶匙仍在茶碟上叮当作响。母亲蓝色的眼睛贪婪地望着外面，望着窗外的福克斯罗克，饱览着路人经过的景象。人们在那儿来来往往。崭新的小茅屋的窗前，景色在流动。小茅屋是为了她的晚年生活而建的，朝着东面，面向记忆。永远在路上。"这是回忆的牢笼。"她说。风吹动着枯枝，轻盈的枯枝摇摇欲坠，靠在新枝上，希望新枝能把它们留住。母亲颤抖的手扶着窗棂，希望窗棂能固定住它们。没有成功。铁腕已经动摇，就像黄昏的城堡摇摇欲坠。战争虽在别处，但狂风已经刮起，把它的不幸吹到那些幸存者的背上。我的母亲已风烛残年，她跟她的裙子一样老，跟这个世界一样老。像一个干瘪的苹果。她向外张望，最后一次颤抖，然后便僵立在她的窗前。没有笑容，声音低得谁也听不见，等待着生命的结束。

也有好的一面，比以前更好的事情。梅变成了没有毒液的蛇，没有角的山羊，被废黜的女英雄。让人认不出来了。

一天，我进入母亲的房间，她寒酸的房间里，家具都是木制的,被虫蛀得东一个洞西一个洞。怎么形容呢?就从最里头的地方和洗漱台开始说起吧。仿大理石的白色桌面上,放了一个锡制的脸盆,脸盆嵌在一个便壶里。这是一种旧的习俗。清洗和排泄紧密相连。空气中,散发着一具身体的臭味。这具身体散架,垮塌,消失在她自己的屁中。装饰在墙上的鲜花嘲弄般地看着她。沿着墙放着一张床,床的尺寸证明了她从那以后一直保持的贞洁。孤独的寡妇,与死神为伴。她黄铜材质的床,由于相互污染而长满了铜绿,因老主人卧躺而氧化。其他没有什么要特别描述的地方了,除了那座洞穴散发出的黑暗。我母亲的洞穴的黑暗。我母亲心头的黑暗。梅的黑暗浇灌了我,播下"病态之花"①。她哺育我,用尽最后一滴胆汁,而我则长期躺在她悲伤的床上。长期以来,我一直认为应该与那些折磨我的恶魔做斗争,让那些在我耳边嘀嘀咕咕的忧郁声音闭嘴。但这周四——我坚信是在周四——在我母亲的房间里,却是大不相同的景象。

---

① "病态之花"(fleurs maladives)引自夏尔·波德莱尔(Charles Baudelaire, 1821—1867)《恶之花》(*Les Fleurs du mal*)中致泰奥菲尔·戈蒂耶(Théophile Gautier, 1811—1872)的题献。

中 期

我的眼睛第一次适应了梅的黑暗,梅的黑暗和我的黑暗——梅的黑暗变成了我的黑暗——我看到了另一个被埋藏的世界。那景象非常清晰。这是一个原初的场景,原始的景象,犹如一扇敞开的窗子,窗外看不到树木,土地干燥,只见夜幕降临时分的一条乡间小路,望不见终点,预示着一场前途未卜、危机四伏的冒险,在此之前我一直都避之不及。我就像个装殓工,只需挖,直至渗到土里;只需挠,直至碰到底部;只需沿着隧道,深入黑暗之处;只需发掘坟墓中的残骸,抖去梦幻的尘埃。越过灵薄狱①熊熊燃烧的烈火,我站在悬崖边上,最边上。我因眩晕而狂热,地狱似乎是最好的药剂。对我来说是最好的。我像个孤独的骑士,跨在我的坐骑上,陶醉在喜悦和悲伤之中,就像清晨的暗影,既有夜晚的黑暗又有初生的光明。准备再次出发,踏上生者不曾涉足的干旱土地,把自己从头到脚埋进沙里,用嘴挖土。嘴中的舌头②却不是我的。

---

① 灵薄狱,即地狱边境,西方传统天主教神学认为未受洗的无辜者死后居留于此。
② 此处为双关用法,法文中"langue"一词既可指"舌头",又有"语言"之义。因而此句表面上可理解为"嘴中的舌头却不是我的",同时又暗含了"用的却不是我的语言"的意思。

在三一养老院

巴黎 1989年8月11日

今天早上,被牙疼弄醒了,它是我的老朋友。早上好,牙疼!①老蛀牙。右侧最里面第三个臼齿。老山姆连后牙都开始疼了。满口无牙,像公鸡②那样。从来没有这么像法国人过。

这是旧病了——永远不得安宁。疼痛唤起了我的记忆。令人烦恼的回忆。那是战后的事了,但战争结束并不能解决一切问题。饥饿依然伤害着我的牙齿。缺乏咀嚼,技术性失业。牙齿被封印了。后来,它们慢慢恢复了工作,咔嚓咔嚓,回到家庭的餐桌旁。那里有东西吃。啤酒肉馅饼,土豆饼,爱尔兰炖菜。

餐桌周围还有其他东西。我的意思是说,还

---

① 原文为英文。
② 公鸡是法国的象征。

有人。这是团聚的时刻。麦克格里维、杰克①和科蒂②——朋友们一点都没有变。我呢,变了一点,变白了,变瘦了,牙齿变坏了。而他们,我的朋友们,仍然像过去一样。总之,变化比我小。杰克是叶芝的弟弟,在画廊工作。他正在作画,一幅大型的绿色和靛蓝色油画③。他画的是一个凯尔特传奇故事。他在画布上画着迪尔梅德④,那是地狱之王,也是闪电之王。迪尔梅德带着芬恩的未婚妻格兰妮逃跑了。画中,芬恩找到了迪尔梅德和格兰妮。迪尔梅德快死了。死之前,他躺在地上,等着芬恩给他

---

① 指杰克·巴特勒·叶芝(Jack Butler Yeats, 1871—1957),爱尔兰画家,是诗人威廉·巴特勒·叶芝的弟弟。
② 指玛丽·科特纳姆·叶芝(Mary Cottenham Yeats, 1869—1947),昵称科蒂(Cottie),杰克·巴特勒·叶芝的妻子。
③ 此处的油画指的是杰克·巴特勒·叶芝的名作《迪尔梅德之死,最后一捧水》(*The Death of Diarmuid, the Last Handful of Water*)。
④ 迪尔梅德(Diarmaid或Diarmuid)以及下文出现的格兰妮(Gráinne)、芬恩(Finn)均为爱尔兰凯尔特传奇故事《芬尼亚传奇》(*Fenian Cycle*)中的人物。迪尔梅德为芬恩的侄子,格兰妮为芬恩的未婚妻,迪尔梅德与格兰妮于芬恩的新婚之日私奔出逃。迪尔梅德后来在一次狩猎中为一头魔猪所伤,口渴难忍,向芬恩求救,请求其帮忙打水止渴。芬恩两次用手掌捧来一抔水,却故意在迪尔梅德面前让水漏走,但在第三次时,芬恩对迪尔梅德产生了同情,终于将捧来的水给他喝,却为时已晚,迪尔梅德已经死去。

最后一捧水。这正是杰克想要画的。希望的破灭。渴望。结束。杰克笔下的迪尔梅德脸色铁青。他看着水,看着他的希望从芬恩的手中漏走了。结局已经可见,蓝色①的。

在船上,结局的蓝色跟随着我。杰克画布上的蓝色。到了圣洛②——废墟之都——死神仍然在那里。阵阵刺痛。该死的牙齿。我开着车穿过废墟和烂泥。有很多救护车和红十字会的卡车。我们为那些再也没有什么可背负的人负重前行。沮丧者,消沉者,蜷缩在废墟中的半裸病人。大地上可怕的烂泥吞噬了他们。我向着迪耶普或瑟堡③的方向全速驶去——快得让护士们都怕出车祸。然而,我并不怕。在圣洛,我从来不怕出事故,路上几乎只有我这一辆车。我开得太快,以至于她们都紧紧抓着把手——防鲁莽司机的把手——她们觉得那是最后的救星。她们闭着眼睛蹲着,直到到达目的地。我开

---

① 此处为双关用法,法语中"bleu"一词既有"蓝色"的意思,又有"忧郁悲伤"的含义。
② 圣洛(Saint-Lô),法国诺曼底大区芒什省首府,位于维尔河畔,是法国西北部交通枢纽、轻工业和农产品加工中心。1944年诺曼底登陆后遭美军轰炸,百分之九十五的建筑被毁,被称为"废墟之都"。
③ 迪耶普(Dieppe)和瑟堡(Cherbourg)均为法国诺曼底大区的城市。

得这么快，是不想透过肮脏的挡风玻璃看到外面的景象。不想看见瓦砾、灰烬和废墟。没有什么比灰烬更糟糕的了——灰尘再次变成灰尘，恶性循环。文明被埋葬后的残余漂浮在黑色沼泽表面。只有个人物品还有点色彩：蓝色的工作背心、棕色的靴子、破藤椅。石头裂开了，裂纹王国。圣洛被摧毁了。百分之九十五都被摧毁了。

透过我啤酒瓶底那么厚的镜片，我感到自己的眼睛被撕裂了。我第一次看到了外面的混乱，原先我还以为只有我自己心里是那么混乱呢。这里经受的苦难，比我自己经受的苦难大得多。各种苦难交织在一起，融入了圣洛的土壤里。战争的废墟——盟军诺曼底登陆的残骸，七月战役的残骸。圣洛遭到了猛烈的轰炸，背负起所有的苦难。首先是火车站，接着是电厂。圣洛满天焰火，成了一个舞台，上演着摧毁与反攻的大剧。

当我们到达的时候——令人恐怖的记忆——无数厄运之鸟盘旋在圣洛大街成百上千的伤残者头上。濒临死亡的人，仍在受难的人，几乎一无所有的人在寻找可以藏身的地方，却没能找到任何能庇护他们的东西。教堂被削去尖顶，树木被烧焦，几座幸存的建筑物在风中摇摇欲坠。什么都没有剩下。只剩下眼泪般无尽的蒙蒙细雨,从夏日的天空不断地落在这座城市上,袭击着圣洛。

我们这些爱尔兰的撒玛利亚[①]人,也在1945年8月的某天登陆此地,建造了一座医院——护士、救护人员、没有药物的医生。把油和酒浇到伤口上后再进行包扎。爱尔兰的撒玛利亚人总是浇酒。对别人对自己都如此。就是这样。晚上,当用作医院的小木屋沉睡的时候,酒一直在流淌着。病人都睡在那里。其中一间的地面铺着铝板,那是麦基医生的临时手术室。产生奇迹的地方。那时,亚瑟·达利(我们叫他A.D.[②])会在走廊里拿出他的小提琴。A.D.出身于一个小提琴世家,他父亲曾进行过上百次世界巡演,就凭他的手指头。A.D.用小提琴和苹果烧酒温暖了一间间小屋。我们喝着苹果烧酒,每当发生一个奇迹,病人们都会送苹果烧酒给他,以表示感谢。A.D.是谦卑的救世主,白天他是穷人的医生,晚上却变成了一个酒鬼。月亮一出来,A.D.身

---

① 撒玛利亚(Samarie),巴勒斯坦中部地区古城名,古以色列王国都城,那里的人通常被认为乐善好施。

② A.D.为亚瑟·达利(Arthur Darley)的首字母缩写。

体里的老恶魔就出现了,变成卖春女,把痛苦减轻为快乐。A.D.会兴奋到天亮,直到黎明。那时,他成了另一个人。早上,他又变回了达利医生①。他悔过自新,重新回到了"圣人的生活"中,回到了病人面前。A.D.不是唯一活在妓院的人,我们都是。在圣洛,支撑我们的是妓院。是我们可以偷吃的禁果。

今天,咀嚼很困难。老不中用的。没有牙齿了——就像那废墟之都。本来应该是个连贯的整体,但我百分之九十五的牙齿都没有了。阵阵刺痛。总是疼痛。

"贝克特先生,为了您的牙齿,我在您的餐盘上放了一片多利潘止痛片。明天早上八点,牙医会来给您看诊。到时您会发现,他是个非常和蔼的人。"

再倒霉不过的是咬东西。

*

黎明,天发白的时候,牙医就蜷缩在扶手椅里,我知道等待着我的是什么。折磨,高速旋转的

---

① 原文为英文。

牙钻伴随着小水柱的冲刷。为了不胡思乱想,我在脑海里背诗,诗句们早就等不及了。龙沙①——我总是念成罗纳索。"on"这个鼻化元音和"r"这个小舌擦音,讲英语的人在一定程度上是发不出来的。流亡者的圣杯。罗纳索这个名字回响在我脑海里,带着他独特的摩擦音。他写的是埃莱娜——他总是写埃莱娜。

> 当你老了,晚上点起蜡烛,
> 坐在炉火旁,织纱纺线,
> 吟唱着我的诗句,惊叹道:
> 在我年轻貌美时,龙沙赞美过我。②

魔鬼般的罗纳索。暴躁,恶毒。也许是英国人。永远不可能创造出恶人形象。总是写一些疯子。有时写老人。他们并不坏,或者说并不比其他人更坏。我原本也许会很喜欢。我非常希望能在纸页间遇见坏蛋,让他们搅动我全身的欲念。但他们

---

① 皮埃尔·德·龙沙(Pierre de Ronsard, 1524—1585),法国近代抒情诗人,七星诗社主要成员,主要作品有《颂歌集》四卷。
② 引自龙沙《致埃莱娜十四行诗》(*Sonnets pour Hélène*)第二卷第24首。

没有来。

我写作的时期,我是说,我大量写作的时期,是在战后。我一般在巴黎或于西①的家中写作。我的方法如下:晚上,我坐在书桌前,想象自己的身后有一只耳朵——一只大耳朵,伴随着一张嘴,很漂亮的嘴——在听我说话。她听见词汇随着我的写作来到我的头脑中,她仔细听着,并把她的意见告诉我。我听着她的意见,在一定程度上信任她。我听从她的意见。她对我说,"这写得不错",于是我继续写道:"这是在一条荒凉得惊人的道路上。"她非常喜欢这句话,我继续。有时候,我不知道是她在听我,还是我在听她,写着她对我说的话。她把自己当作我——我也是,把她当作我自己。我们混淆在一起。我从未向自己解释过其中的原因。我们混淆在一起是因为她有点都柏林口音。不是达特地区的口音②,那是我绝对不能容忍的:一种十分

---

① 于西(Ussy)即马恩河畔于西(Ussy-sur-Marne),法国法兰西岛大区塞纳-马恩省的一个市镇,贝克特曾在此建有一栋房屋,于屋中闭门写作。
② 原文为英文。

高雅十分高贵的口音，从喉咙深处开始发音，直到鼻腔。不，我不能忍受。也不是北部街区的口音，说话时总是夹杂着"他妈的"，闭着嘴来发誓。那是一种又尖又轻的口音，上下波动。老太太的口音。十九世纪的口音。这种小小的口音正适合写散文。她为我而说话，为那些记忆缺失症患者，为那些拄着拐杖的残疾人，为那些卧床不起的人。为了一群群判官，为了那些不可缺少的警察，为了那些又高又胖的女社工。她是一切，又什么都不是。她同时代表所有人物。她有时牙尖嘴利，这对我没有影响。确实需要有人在故事中整顿秩序。她牙齿牢固，与我相反。

"贝克特先生，吐出您嘴里的痰。您可以用您右侧的洗脸盆漱口。"

如果这样可以使他开心，我不反对这么做。我怀着一颗善良的心咳出浓痰。老烟民的喜悦。痰滑到了臼齿处。我的舌头掉在了一个洞里。右侧最里面。新的深渊。

他们没有骗我，这位牙医非常和蔼，而且人长得很帅——我意识到了。大家都躲避我，尤其是牙医。"英俊的男人。"苏珊为了让我恼火可能会这么说。每当她说"英俊的男人"或者"多帅的男人"时,我都会有点恼火。然而,我了解她,知道她是故意想让我生气。这事儿应该就此略过,就像十月某个周日的一滴水,滴在圣史蒂芬绿地①池塘里的天鹅羽毛上一样,树叶在它的脖子上方沙沙作响。不,可我必须承认,这事儿没有就此略过。或者说恰恰相反。它出了大问题,各个部分都卡住了。正因为我知道,她说"多帅的男人"是为了让我生气,我才会恼火异常。以前碰到这种情况,我动辄生气。且速度很快。我可以说是一个赛跑运动员。这让她感到很痛苦。确实如此。她感到很痛苦,所以后来就说牙医或其他人是"多帅的男人",想以此报复。大量发泄因我的过失而造成的不满。"过失",用词夸张了。好像她会期望从一个什么都不相信的人那里得到别的东西一样。我的存在是一个偶然,却因为疏忽而成常态。假装忘记了孤独。自从错过了来到人世的机会,我就被罚生活在孤独之中。我飘浮在人群当中,没有完全出

---

① 圣史蒂芬绿地(St Stephen's Green),位于都柏林市中心的公园,爱尔兰最古老的公园之一。

生,也没有完全死亡。比老鼠更孤独,希望生活在一切之外。

这个"英俊的男人"走到热情欢迎我的白色皮椅旁边,把口罩拉到下巴上,开始长篇大论——关于我的嘴和牙齿——我只听到了结论:

"我利用麻醉的时机除去了您牙中很旧的补牙银粉,拔掉了牙齿。我建议您过几天痊愈后来植牙。"

这位牙医多么英俊!而且技术高超。疼痛远离了我,牙齿的造反结束了。暂时如此。我终于能够睡觉了。睡觉,没有更多的要求了。

在三一养老院

巴黎 1989年8月12日

（花园一侧）

谁想去诺曼底队呢？梅兰热夫人，您想去诺曼底队吗？一，二，三，四……您呢？您想去布列塔尼队？北方队？科拉尔夫人，您站那里。勒科克夫人，您去那里，和布列塔尼队一起。队伍准备就绪。每人射两个球。科拉尔夫人，轮到您了，祝您好运……很棒！十分！我们再来一次，不计数。太棒了！好了，现在扔圆饼，跟刚才一样。我们将扔两次。来吧，若弗兰夫人，先扔一次试试？啊，一分，得分不高，但也算分哦，因为依然是扔在了有颜色的区域。五分，六分，七分，八分，九分，太棒了，布列塔尼队！感兴趣的人，也可以到花园尽头玩迷你保龄球和荷兰式台球……

她们最后把我吵醒了,这些愚蠢的妇女。不稀奇,这是周六,赶集的日子。这些愚妇的集体活动。她们刚好在我窗户下面叽叽喳喳。几点了?十点。我睡得不错。做了梦,梦到了房子。我的房子,有公鸡和果园。海登[①]所画的丘陵。海登是我最要好的朋友,已经去世。周一预约了公证人,肯定是因为这个原因,我梦到了我在马恩河畔于西的房子。于西,我魂牵梦萦之地。我在丘陵中走着,口袋里装满了糖果。我把糖果拿出来塞到莫利安果园的孩子们手上。我把它们一颗不剩地全部拿了出来。我在泥地上走着,像疯子一样全速前进。我走过泥泞的小路,泥浆在我的裤脚上结成硬块。我走着,身上脏透了,身体缩在我宽大的爱尔兰毛衣里,很高兴能够把自己埋葬在于西——泥土一直埋到脖子处。我梦到了自己的房子。白色的房子。位于通往阿弗尔纳或者博瓦尔方向的多条小道旁,小道的两边种满了苹果树和梨树。一座非常小的房子,隐居刚好。在这座房子之前,还有其他房子——一直有

---

① 亨利·海登(Henri Hayden, 1883—1970),法国波兰裔画家,贝克特的好友。

其他房子。

八月,我离开巴黎这个肮脏的火炉,前往于西。我来找海登。那个时候还没有白屋。我暂时居住在尚日路上的马恩咖啡店,就在教堂对面,一个很小的窝。海登曾画过这家咖啡店。店内很暗,墙是淡淡的黄绿色,木制的收银台上铺着天蓝色的桌布,桌布上放着一个灰毡掷骰盘和三枚骰子。骰子是用来玩421游戏[①]的。我从来没有玩过——我只跟海登玩过国际象棋——但我回想起来了。我有时候会看一些人投骰子,村里的几个壮汉。雅克和他的兄弟代代,他们很喜欢玩这个。我还记得421游戏,记得收银台的朋友,一起喝酒的邻居。在那里只需掷骰子和祈祷,下注与撤注。

海登很喜欢毛毡和骰子。他喜欢的东西,他就把它们画下来。他还画了三角形的黄色烟灰缸(如果我没记错的话,是茴香黄),厚重的蓝色玻璃杯和收银台上的酒瓶。他把它们画下来,并加上自己的浅色木烟斗——总是出现在他鼻子底下的那个。

---

① 流行于酒吧的一种掷骰子游戏。游戏中共有三枚骰子,依次投掷,每一枚骰子上的数目根据一系列规则换算为玩家得分,其中由4、2、1组成的数字组合得分最高,游戏名由此而来。

当他把烟斗放在嘴里，他的眼睛就闪闪发亮，就像烟雾腾腾的火山口里的熔岩。海登的光芒，非常耀眼，就像马恩河谷早晨不高不低、树木葱茏的山上初升的太阳。海登是白天，而我，则是黑夜。

我总是回到于西。当太阳太猛烈，精神太紧张时，我总是回到那里。不再住在咖啡馆了。而是住在一栋房子里。房子名叫巴尔比耶，租金很便宜。海登住得离我很近，几步之遥。马恩河畔的海登，和若塞特一起隐居。一直在隐居。战争期间躲在阿普特地区的鲁西永①。鲁西永是个全都是红色的地方。我和海登一同躲藏在此。无名的外地人，朝不保夕，住在丘陵中，在地里干活，在桶里的木屑上撒尿。海登在战争期间也会画画。他在鲁西永画画。画房子、山丘、红色和赭石色的小路——战争受难者的那种红，海登把它画了下来。他使用巨型采石场里的赭石矿层那样的红色。由沙土风化而来的红色，玉石般的赭色，海登把它们留在了画布上。留在了用床单

---

① 鲁西永（Roussillon），法国东南部比利牛斯山北麓的一个市镇。1942年，参加抵抗运动的贝克特因叛徒出卖而被纳粹占领军通缉，流亡至鲁西永，并在此一直居住到战争结束。他在此地完成了《等待戈多》的写作。

改造而成的画布上。用手工改造的画布。在鲁西永，我在田间与葡萄园中用双手劳作。我搬运着一箱箱葡萄，一个朝不保夕的作家。我为了能吃到肉而在地里奔忙，只为了几块肉。我几乎不写作了，只勉强记了几个笔记本。短暂的休息。缓过气来了。

不知不觉中，我重新开始了写作。勤奋的书写者，大汗淋漓，就像一大清早就开始耕作的牛。耕耘我贫瘠的犁沟。我重新开始写作。在于西，我在书桌上埋头写作。在我所钟爱的这个地方，在于西，我找到了我翅膀上最美丽的羽毛①。那是一只黑天鹅的羽毛。

加油！哦，该死的……重来，梅兰热夫人。好！五分加三分，八分加两分，十分。轮到您了。哇，正中目标！五十分！

现在来玩迷你保龄球……若弗兰夫人，要把那个大球滑到球道上，对啦，让它推倒滑道尽头的小木瓶。非常好！只剩两个了。注意手指的位置，要

---

① 此处为双关用法，法语中"plume"一词既有"羽毛"的意思，又有"文笔"的含义。

把球往前推,而不是推球道。

这些蠢妇在叽叽叫。说得好。别的人在哭闹、尖叫、叽叽喳喳。这些妇人则像小鸡一样叽叽叫,像鸭子一样嘎嘎叫。在花园里打鸟呢!这是玩笑话,我必须承认,我是偷窥者。我藏在我的孵鸡场的窗帘后偷窥,那扇窗朝着院子。抑制不住想偷看的冲动。作家都很变态,永远像一个青少年,该死的偷窥癖。以前,我曾偷窥过苏珊。苏珊在教学生弹钢琴,不耐烦地晃动着双腿。苏珊在巴黎贝尔纳·帕利西大街的人行道上奔跑,我的手稿装在她的口袋里。当披着绶带的市长助理把她的姓改为贝克特的时候[①],她一言不发,烦得要死。

苏珊不太喜欢于西,除了花园。她很少去于西,只是刚开始的时候在风和日丽的日子偶尔去一下。坐上去莫城的火车,一小时十分钟的路程。接着我们走十七公里到达于西。行李很轻便,并不会令人不愉快。

[①] 此处指的是贝克特和苏珊1961年于英国的福克斯通举行的秘密婚礼。在西方传统习俗中,女方在婚后会随夫姓。

天气晴朗时,花楸树的红色果实吸引了鸫鸟、黑顶林莺和山雀。麻雀从栗子树飞到梣叶槭上。它们并不孤独,到处都是动物。往前再走几米,成群结队的盲眼鼹鼠——又称地中海鼹鼠——占据了花园。这些善于掘地的动物,秘密结团,每天都在地下用它们的爪子占领地盘,最后成功地扩展到了我的椴树下。十几个鼹鼠丘,低地上的腐殖土隆起一个个小包,在我的院子里形成了卫城。我们什么都尝试了,用铁锹、耙。完全没用。"这是在乡下。"名叫让的邻居说。他对鼹鼠非常了解,他农场周围的田里也有鼹鼠。让想做好事。想让我开心。他用了许多方法。他坐在折叠椅上,手里拿着一支枪,面对着椴树。他等待着,等待鼹鼠挖洞。他守候着,但鼹鼠没有挖洞。当让坐在折叠椅上,用枪瞄准着鼹鼠丘,耳朵警觉地倾听着任何微小的挖掘声时,鼹鼠绝不挖掘。让从院子里空手而归,双手抱着折叠椅,枪挂在背上。有一天,他换掉了他肩上的枪:在洞里塞满了白色小圆球状的樟脑丸。味道很重,但是鼹鼠并没有咬。没有发现受害者。再次失败。让并没有放弃,战争是无情的。他从合作社里弄来一些弹药。藏有致命毒药的虫子,这是给鼹鼠准备的开胃菜。眼神不好的鼹鼠只看到欲火——目光狭隘,只满足于填饱肚子。让在洞里塞了那东西。鼹鼠大吃了一顿。贪吃是致命的罪行。鼹鼠的生命结束了。

天气晴朗时,苏珊喜欢到花园里走走,呼吸新鲜空气,享受一下阳光。她小心地跨过鼹鼠洞,手里拿着藤草编织的躺椅,头上戴着系有黑色缎带的草帽。坐定之后,她解开衣服,准备像夏娃一样好好睡个午觉。阳光将她的乳房染成金黄色,有时候晒得很厉害。我从书房的窗前观察着她,像一个隐藏的色狼。我也监视那些偷看的人,莫利安的年轻男孩们探过墙头偷看她晒太阳。我看到了,看到他们四分之一的头探出了墙头,目光中充满了淫欲,脸上还没长胡子,我昨天还给他们糖果。他们目不转睛地盯着苏珊,从肚子看到后背,轮流交替着看。每十五分钟轮流一次,苏珊给他们带来了幸福的时光,每十五分钟一次。

中 期

*

贝克特先生吗?

我是公证人福韦特。我已经准备好关于于西那座房子的文件。我与您的朋友让和妮科尔通了电话,把一切都告诉他们了。我也见了您的侄子们,所有人都同意了,没有任何问题,一切正常。我们按计划明天大家一起见见面?下午两点半,在圣雅克大街17号的PLM酒店①?

妮科尔和让来到了巴黎的圣雅克大街。十分高兴。整个于西都在他们身后。在他们的行李当中,在马车的拖车里,在黏着在车轮上的松软泥土中。这是旧日的痕迹。那些天气晴朗的日子里,于

---

① PLM酒店(hôtel PLM Saint-Jacques),巴黎十四区的四星级酒店,2006年被美国万豪国际集团收购后改名为巴黎万豪左岸酒店及会议中心(Paris Marriott Rive Gauche Hotel & Conference Center)。该酒店二十世纪七十年代建成时被认为是世界上最现代化的酒店,是法国酒店服务业的标杆,贝克特等社会名流经常光顾。PLM是巴黎-里昂-地中海铁路公司(Compagnie des chemins de fer de Paris à Lyon et à la Méditerranée)的缩写,该铁路公司于1938年国有化后开始涉足酒店服务业,成为法国酒店业的行业龙头。

西平原常常在散步时呈现在眼前。那座平原"既不太绿，也不太平坦"。朴实无华的土地。通往莫利安的路，从果园一直延伸到旧农场的鸽舍，道路的延伸处有一条死胡同。死胡同里面住着一位巨人。夸张了。"巨人"，在于西我们是这样称呼他的，在其他地方我想人们叫他"巨人安德烈"，妮科尔喊他"代代"。我不认识他，或者说只是远远地见过他。有时候，我遇见他和兄弟姐妹在一起，他们正赶去上学。或者后来在咖啡馆，在铺着天蓝色桌布的收银台和掷骰子的桌前见过他。我认得他的长相。冬天的周日，在大雪覆盖于西之前，他弯着腰，在他父亲身旁劈柴。晶莹的冰粒飘散开来，但愿那种沙沙声遮盖不了村里的砍柴声；但愿冬天的色彩没有被白茫茫的大雪覆盖，那是于西在冬天穿的大棉衣，于西的冬天，就像让所说的，从九月开始，直到次年二月。今天，代代好像成了摔跤手。冠军，即使在日本也是如此。于西，是一片富饶的土地，神奇的土地，是巨人的摇篮。一天，身材高大的代代压垮了拖拉机的座位。那是黑色的塑胶座位。它被巨人的身躯给压垮了。报废。完蛋了。代代，这个庞然大物，同样也无法坐进小汽车里。或者，尽管他弯着腰，脑袋还是碰到车顶，为了能让他坐到车里，人们已经为他打开了车顶篷。车敞着篷，就像海上扬起的风帆，迎着于西的风。代代船长坐在汽车座椅上，缩成一团，双腿穿过车窗，翘在车窗台上。代代结实的大腿就像桅杆一样，乘风破浪。"代代"号人形航船。

　　阿方西娜老太太也行驶在于西的道路上。她是让的奶奶——"阿方西娜老婆婆"。她推着一辆童车，一辆锈迹斑斑的白色婴儿车，熟铁造的，历史遗迹。她披着披肩，无论什么时候都推着她宝贝的小推车。婴儿车没有顶，敞篷车。露天婴儿车。车顶篷出了什么问题？难解之谜。阿方西娜把顶去掉是为了能往充当购物筐的摇篮里放进更多采购的物资吗？还是因为车篷被虫蛀了？尽管枫树的嫩芽让人们以为很快就要进入温暖的季节，但某个晚上的一场狂风可能把它刮跑了。也许吧！除非那个所谓的车顶篷是被人可恶地偷了。偷可怜的阿方西娜的车篷。这个腿脚不便的老太太完全靠扶着这辆推车出行。又或者这辆推车根本就没有顶。从来就没有？这有可能。阿方西娜老太太总是扶着这辆推车弯曲的横杠，就像在使用移动拐杖。动能：来源于她自身的重量。能量与她为了让身体由静止走向运动所使的力量守恒。阿方西娜扶着这辆牵引着她的推车。四个大轮子压在路上,有节奏地发出嘎吱声。我远远就听到推车到来的声音。车轮嘎吱作响,她拖沓的脚步则在打着弱拍①。像一种慢节奏的爵士乐。阿方西娜去购物或来我家帮我做家务时的爵士乐。很少有强拍休止节奏②。我可以相信她。

让和他的太太妮科尔称她为"老婆婆",当地的叫法。我称呼她为"太太"。"阿方西娜太太"。这是我母亲教我的:要用恭敬有礼的语气,不要过于随便,对于礼节不要偷工减料。新教徒的热度,顿时下跌了十度。我想阿方西娜是喜欢的。她喜欢我称呼她为"太太"或者"阿方西娜太太",我给这个白发苍苍的老人理所当然的称呼。我想做个有礼貌的人——"作为一个爱尔兰人",我已经很有礼貌了。这至少能弥补一点她对我的不好看法。尽管她嘴里不说,但我知道她对我是有保留意见的,严格来说这并不是因为我的出身,而是

---

① 原文为英文。
② 此处为双关用法,法语中"contretemps"一词既可以指音乐中的"强拍休止节奏",又可以指"意外情况"。

因为我饮酒太多——多少与这点有关。这种看法，她把它藏了起来，但我还是感觉到了。她要去倒垃圾的那天，我在门口瞥了一眼，看见她出神地盯着她的婴儿车很长一段时间，车里堆着尊美醇威士忌的空酒瓶和其他垃圾，那时我感觉到了。阿方西娜推车重新上路，沿着学校，一直来到小路尽头的玻璃垃圾回收箱。垃圾回收箱是封闭的，充满着尿骚味，既因为它的颜色，也因为于西的小青年们在喝得醉醺醺的晚上对它所做的事情。我可以想象得到，阿方西娜一个个清点着酒瓶的数量，忍受着垃圾箱中散发出来的臭味，把酒瓶塞进垃圾箱黑色橡胶边缘的口子里。我知道她在低声咒骂，不断倾吐她在我面前不曾说出口的坏话。她在任何人面前都不曾表达自己的想法。低声的辱骂，无声的指责，这是一种宣泄。

如果说她只是自己一个人默默发泄，梅却是咒骂全世界。她骂起人来极为粗鲁。各种花式的形容词随意组合，英语里可不缺少这个，要书写的话，只能用一个星号或者很多个星号来代替，这取决于她的脏话说得有多难听。作一客观的评价：这些涉及上帝、圣子耶稣以及圣徒们的奇妙语词被大大地高估了。我觉得，在那些虔诚的信教者艰难地擦拭着教堂长椅上的积尘的年代，包括在爱尔兰，"该死的""糟透了""天呐"①这类词不应该被如此滥用。再说，无论是出于条件反射还是出于需要，这些在句子开头或结尾一闪而过的脏话又能侮辱伤害到谁呢？我在琢磨。就我而言，我比较喜欢那些下流的骂人词汇——我不知道我形容得对不对。或者这么说吧——或多或少有些色情的词汇。不管提到的性行为是什么性质，或多么古怪。如今这种说法肯定已经过时，或者普通得让人感到可悲。在过去的爱尔兰，还是有点效果的。只要直接说个"F"开头的词②就够了，就会有杀伤力，就能产生效果。我很乐意使用它。只要有机会，在街上，在酒吧里，我就像吹口哨般发出"F"这个音，牙齿贴着嘴唇。虽然我因此挨过几次揍，但无论对我的人身安全造成怎样的后果，我都必须说，我总是很乐意发"F"这个音。我热爱危险。也许因为我是个受虐狂。我

---

① 这三个词的原文分别为英文"damn""bloody""oh my God"，三者在词源学上分别与"罚入地狱""圣母玛利亚""上帝"等基督教神学概念有关。
② 指英语中"他妈的"（fuck）一词。

吐掉嘴里的瓦尔达薄荷糖，丝毫不担心我的唾沫会带来的巨大愤怒。丝毫没有后悔。

梅从来不这样做。哪怕她一个人独处的时候，哪怕她说出一连串粗鲁得让人惊讶的话——对认识梅的人来说粗鲁得让人惊讶的话——她也从来不这么做。她不用"F"这个音，"F"开头的这个单词，就像在我家那样。就像清教徒那样。她明显更喜欢与基督及其使徒们相关的词，也就是上面提到的第一类脏话。我们一直以来不被允许使用这类文绉绉的咒骂。据说，斗胆使用这样的咒骂，甚至有这种念头的人，会在地狱里受火刑。她独处时倾吐的就是这些亵渎神灵的话。她倾吐出所有心中所想，以为只有空荡荡的厨房里的回音以及作为第一相关人的上帝能见证她的恶行，她以为避开一切人就能获拯救。如果她知道——哪怕她只是怀疑——这些独处时所说的粗暴的话会传到我的耳朵里——晚上，我童年时的脑袋穿过楼梯栏杆的空隙，从楼梯高处监视着她——她会为此而选择去死的。而且，梅真的死了。终于安息了。我们别再谈论她了。

阿方西娜的婴儿车——巧手制作的助步器，可以说是对母婴用品巧妙的回收利用——有的时候也运送还沾着羽毛的鸡蛋，自家产的鸡蛋，生在花园的围栏里面。鸡蛋是鸡前一天生的。她说："当天的鸡蛋还带有母鸡的细菌。"阿方西娜的鸡蛋凝结得正好，没有坏了的。我心甘情愿地吃了它们。做成溏心蛋、荷包蛋、炒蛋，甚至生吃——在喝了尊美醇威士忌宿醉后的第二天。

当她再也没力气做这些事情的时候，当婴儿车也不能支持她顺利出行的时候，她便派了让的夫人妮科尔来我家做家政。作为她的孙媳妇，妮科尔比阿方西娜年轻三倍，母爱却比她强三倍，性格也比一般人可爱三倍。妮科尔话不多。她知道我的习惯，不会在我工作的时候来打扰我。她优雅地服从我强加给她的规则，那些有点神经质的规则，就像一个忠心耿耿的战士。我羞于对她表示我的感激之情。感谢她勇敢地与不公平的命运作斗争，感谢她适应我那些猥琐的怪癖，服从我这个老男人强制性的规矩，接受我这个可怜的人。这是一项艰难的挑战。在我的一生当中，似乎很少有人能忍受我。我的意思是说，以一种我能忍受的方式来忍受我。必须说，我什么都受不了，既不能忍受铁路工人的罢工，不能忍受与人谈话，也不能忍受理疗师让我把腿悬在空中时带来的疼痛。我几乎什么都受不了。我不适合这个世界，所以注定孤独一生。

我总是会提前告诉妮科尔我什么时候会回于西。只要给她打一个电话，甚至在火车进站之前，她就会打扫好我的屋子。在我还没有登上车站拱门前忠诚地等待着我的灰顶雪铁龙2CV的时候。在我用钥匙打开张开双臂迎接我的孤独的大门之前。我在于西的家。

贝克特先生吗？我是公证人福韦特。都准备好了吗？您明天会准时到吗？您希望我明天约会前去您家接您，然后我们一起去PLM酒店吗？

这个公证人像只怪鸟，其实还是个不错的人。不用了，明天我将拄拐杖前往圣雅克大街。它认识路。我将和拐杖相互扶持，经过雷米-迪蒙塞尔街、达罗街，最后到达圣雅克大街。我们将在人行道上靠我们三条瘦弱的腿慢慢前行，一直走到17号。酒店坐落在一个曾经被称为"狮子坑"①的采石场上。从前,坑内好像有各种猛兽在互相残杀:郊区寄宿学校的学生、街头卖艺者、吞丝线的人、表演吞刀的街头艺人、展示懂多种语言的侏儒。现在再也看不到这样丰富多彩的人群了。哪怕……再近些看……从我的窗户或镜子里看……还是一样。

---

① 狮子坑(Fosse aux Lions),一个中世纪时就已建立的露天采石场,位于现今的巴黎十四区,被废弃后于十九世纪中叶成为一个贫民窟。在法语中,"狮子坑"又有"充满危险人物的地方"的意思。

中 期

在三一养老院

巴黎 1989年8月13日

周日,十七点,我的恩人出版商①突然来访,当时年轻的理发师正在给我理发。就像在做园艺修剪时被人当场捉住。这位理发师不满足只给我剪头发——尽管他已经这样做了,他用食指和中指把我的头发箍成一小撮,然后剃掉——他还对自己完成的每个动作进行评论,在这个夏日的傍晚显得十分兴奋。

"看,贝克特先生,"他对我说,"到了您这样的年纪,还有这样的发量,真让人难以置信!我从来没有见过。我要把上面打薄一点,让您的头发显得不那么蓬松。"

---

① 指热罗姆·兰东(Jérôme Lindon, 1925—2001),法国午夜出版社的社长兼编辑。贝克特的作品曾多次遭出版社拒稿,正是热罗姆·兰东凭借独特的眼光接纳并出版了贝克特的作品。

会不那么蓬松吗?我不确定。我从一开始就很生气。这位年轻的理发师,似乎对自己的手艺很满意,又补充了几句话,像是诺言:

"看着吧,您会满意的,您梳头会更加容易。"

为什么人在晚年的时候,在生命的冬天——令人不快的冬天,已经不再渴望什么,除了一点点平静——还要面临那么多蠢举?我的意思是说,为什么老人一旦不得不与过去努力逃避的人打交道:医护人员、理发师等,就会成为一只任人训斥的宠物?老人与卷毛狗没有多大的区别,人们不断地向他们唠叨。他们是废言废语和无聊思想的回收站。他们是各种蠢话的受害者,而且是当着目击者的面。这又是一项特殊待遇。

那位出版商是我最为忠实的朋友,他十分自然地走近我,当他进入我的房间时,假装丝毫不在意我现在的窘态:我仰着头,在理发师手中就像在绞刑台上一样。我看着天花板,身上披着一件黑色的罩衫,如同图洛教堂①的神父正在做弥撒。

---

① 图洛教堂(Tullow Church),爱尔兰都柏林福克斯罗克地区的一座教堂,贝克特幼年时常随其母亲来此。

中　期

我想起了一句过时得难以置信的话，不过在我看来很应景：

"快快进来。"①

古怪的说法。它好像来自奥克西唐语②。"快快进来"，好像为了迈过几厘米高的门槛，需要经过很多不同的步骤，每次都需要得到邀请，最后才能走进荣耀的大门。出版商朋友终于走进了我的房间，把手中的威士忌放在桌上，仿佛坐在戏院的第一排包厢，等着看我勉强进行的演出：一个老男人在剪头发。一场无情的戏。必须剪掉。不可避免的阉割。该死，长出来的头发，我想。唉，这句话太拗口了。"该死，长出来的头发。"法式的摩擦音，紧缩声门，让气流以摩擦方式通过。在我们那，发音含糊不清的是塞音，口腔完全闭合，然后猛力打开。确保发音的爆破感：彼得·派珀采摘了一撮泡椒③。

我决定大声分享我这个想法："该死，长出来

---

① 法文为"Finissez d'entrer"，字面意思为"请您完成进门"。
② 奥克西唐语（langue occitane），又译"欧西坦语""奥克语"，法国南方方言。
③ 原文为英文"Peter Piper picked a peck of pickled peppers"，其中的大部分单词都以字母p开头。字母p在英语中的发音通常为送气清塞音，爆破感强，但在法语中通常为不送气清塞音，爆破感相对较弱。

的头发。"说句话来掩盖我的尴尬，用一句俏皮话扫除不利的状况：我正沦为被当众剃毛的牲畜。而在战争中，我可是站在正确的一方的①。我坚信自己会取得胜利，于是就大喊起来：

"该死，长出来的头发！翘起来的头发！"

我的恩人出版商用右手摸着自己光秃秃的脑门，用一种嘲笑的语气回答我说：

"多毛症……我可没有这毛病。"

我怎么没想到呢？我怎么会忘记他是个大光头？这可是他最显著的特征之一，和他锐利的眼神和爽朗的笑声一样。我没有完全进入他的角色，怎么就敢发出那样的辅音？而他却进入了我的角色。他一直深入地了解我。如此深入地看透了我。可悲的是，这一幕非常有象征性，真值得我张开那么难张开的嘴——不管声门紧不紧。啊！交谈的艺术，如果仙女们曾弯腰看着我的摇篮，她们却没有给我这一才能。我好像不断地从摇篮里掉出来。可能就是这个问题，我一直是个残缺者，在交流方面

---

① 此处暗讽了二战后部分法国女性的遭遇。二战结束后，法国2万多名女性因被指控在德军占领期间通敌通奸而受私刑，被当众剃发，游街受辱。

有缺陷。不懂得如何与同类人聊天。总是先沉默，后胡说八道。一个小时内平均说三四次蠢话，这还是在状态良好的日子。而我应该保持缄默，我知道我应该这么做。但我很固执，我忘了，恶习重犯。更不用说在微醉状态下，我会放弃一切警觉。两杯过后，说胡话的平均次数突然升高。喝了三杯后这种现象变本加厉。这是一场灾难。假如真的喝醉，那会成为世界末日，无可救药。蠢话像暴风雨一样袭击我的同伴们，而我自己甚至都意识不到。第二天，我就感到后悔了，决定保持沉默，直到下次故态复萌。说话，变成了一种诅咒。我说的话都毫无价值。也许写下来也如此。的确。

幸亏，我的出版商朋友——我最可靠最明智的朋友——他根本不需要说话。他不需要对我说话，不需要问我在干什么。他的眼睛告诉他，我什么也没做。告诉他，我什么都做不了。我已经毫无生气。他只能通过想象来判断我会写什么，如果我还在写作的话。我在石板上用难以辨认的字母刻下我飘浮不定的想法。惜字如金。几乎都被擦掉了。他不需要问我就知道我不过是在等待。等待这些全被清除。

出版商巧妙地保持着沉默。我甚至可以用"技艺精湛"来形容他的沉默。这沉默很有说服力。作为沉默的高手，他缄默不语，耷拉着受惊的马脸。明察秋毫的眼睛同时看清了整体与局部：年迈的山姆，一身牧师穿的那种罩衫，旁边是年轻的理发师，后者的长裤都落到屁股上了——白铁工那样的微笑。我非常享受他的沉默。对于这种沉默他一点儿都不觉得尴尬。这个出版商的沉默能洞察一切，理解一切，无言地道明一切。

在吹风机该死的噪声中，年轻的理发师终于闭嘴了。他收起黑色的罩衫，理发结束。"剪完了！"理发师走了出去。出版商朋友打开酒瓶。"喝一会儿。"我们一起喝酒。无言。

中 期

在三一养老院

巴黎 1989年8月14日

昨晚,女邻居的吼叫声把我从房间里赶出来。赶出我很少离开的那个房间。当时我正坐在桌前。我经常坐在桌前。我在寻找一个词。"惊跳"。我想到了这个词,赶紧写下来。我写下了"惊跳",或者说,我正在《静止的微动》标题旁边写下"惊跳"①这两个字时——我写得很慢——突然,女邻居真的惊跳起来了。我可以听见有人惊跳,但看不见。女邻居扯着喉咙大喊,声音在不断起伏变化。难听得简直要把我的隔墙之耳撕裂。沉闷的叫喊声。那是一具肉身在把吞下去的东西吐出来之前发出的最后呻吟。走向属于她的终点,吐出最后的话,发出最后的声音——最后的遗赠。

---

① 贝克特创作的最后一篇短篇小说《静止的微动》的法文标题"Soubresauts"即意为"惊跳"。

她说了些什么？我的这位邻居说了什么？这位和我共用一堵墙的老太太，发出的声响在我的房间里回荡，就好像她是在我的房间里一样。就在我的身边。墙太薄了。在拥挤不堪、邻居间缺乏私密性的旧日，我目睹过另一个人的生活，一个陌生人——患有慢性病，总是发出巨大的声音——从晚到早，从早到晚。拥挤而缺乏私密性，老年人的嘈杂，从起床时嘶哑的喘气声到晚上的咳嗽声，间杂着轻轻的祷告声。祷告一下对她有好处。会让这个共用一堵墙的女邻居感到放心。我能听到她低声的祷告，每天都是一样的内容。那是我所陌生的内容——一份晚祷词。它是这样的：

主啊，我崇拜您，您的无上伟大让我臣服；
我相信您，因为您就是真理本身；
我相信您，因为您永远善良；
我衷心爱您，因为您最为可爱；由于爱您，我爱我的同类和我自己。[1]

---

[1] 引自天主教的晚祷词。

中期

好吧，我毫不关心上帝，就像我毫不关心拿破仑的第一只袜子一样。就像我毫不在意我的第一次咒骂、第一次性交——真是个下流坯——不得不说，刚开始的时候，我还有点享受。我很享受地听着这个强加给我的女伴的唠叨——这地方也把我强加给她，正如把她强加给我一样，因墙而被迫联姻——这让我想起了男生的寄宿学校。过去的中学时代。普拉托皇家学校，一所有着几百年历史的新教徒学校，坐落在弗马纳郡，我在那里度过了傻乎乎的年岁。这让我想起了宿舍，低声做着祷告，在夜里轻轻讲述柯南·道尔①的侦探小说，夏洛克·福尔摩斯的故事。这并不会令人不愉快。隔着一堵墙，共同生活，我们相处很好，彼此什么都能听到。而且，我竖起耳朵倾听，夜复一夜，对祷告词了如指掌，如果有人提出要求，我都可以把它全背下来，可惜没有人提出要求。但我可以背下来的。关于这个祷告词，我必须说，尽管我是个无神论者，瞧，"尽管我是个无神论者"，多奇怪——

---

① 柯南·道尔（Conan Doyle, 1859—1930），英国侦探小说作家，代表作为《福尔摩斯探案集》（*Canon of Sherlock Holmes*）。

尽管我是个无神论者，但我必须说，我觉得祷告词很不错。我是说它的文风，一种高雅的古风。我当然不会太在乎这些，但在"祷告词"这一类文体中，我觉得它还不错。毕竟，"您最为可爱"，这话说得很漂亮。我听得很清楚，因为老太太的床紧靠着墙。照娜嘉护士的说法，这个老太太好像已经九十九岁了，是养老院中年龄最大的。她的床头朝着我的床头——如果她愿意，本来是可以朝向另一边的。所以我才听得那么清楚。我甚至可以听到她的私语。那时，她自言自语，鼓励自己。她是自己的唯一听众。她是否知道我能听到她说话，就像她肯定也能听到我说话那样？她知道我在偷窥她的痛苦吗？墙后面下流的目击者。我不知道。

不过这天晚上，也就是昨晚，我正在桌前写作，没听到晚祷，也没有听到她向至高无上的主表示顺从。取而代之的，是她临终前用尽全力的喊叫。低声叫喊。精疲力竭。奄奄一息。她在说什么？一个男人的名字，也许是她的丈夫、父亲或者兄弟。要不就是一份失去已久的真爱。对一个卑微的男人的初恋。不受欢迎的爱。在家族中，卑微的爱从来就不受欢迎，尽管是真爱。她没有办法，她没有选择他。那个卑微的男人离开了。然而，这天晚上，在她的房间里，在她断气之前，她叫着那个男人的名字，好像他要来了。好像他已经站在这里，在她的眼前。失去的爱，在已经变得十分微弱的生命之光即将熄灭之前，及时地回来了。你在谵妄，可怜的老头。你在重写结局，你忍不住不这样写。没有人知道她到底想说什么，没有人知道结局到底是什么。

我所知道的是，在她那发紫的嘴唇颤抖着说出这个名字的时候，说出这个我不认识的名字的时候，我仍然在桌前写作。如果警察或者市政府的工作人员来问我的话，我可以告诉他们是几点钟。我可以告诉他们说，"二十三点左右"，那时候我还在桌前写作，老太太发出了最后的叫喊。当时我正在受"惊跳"一词折磨，突然听见了老太太的"惊跳"。工作人员也许会问我当时的一些细节。她最后叫喊那一刻的细节。最后的那一刻。也许他们会询问我。

"贝克特先生，您听到叫声的时候正在做什么？"
"我正在写作。"

"您在写作？您还在写作？"

"也不算是。"

"那您为什么告诉我说那个时候您正在写作？"

"……"

"您的邻居死亡的那一刻，您正在干什么？"

"我正在写作。"

"您告诉我说，您在写作。那么说，您还在写作？"

市政府工作人员愚蠢的问题——新的噩梦——而老太太的尸体还躺在一墙之隔的那个房间里。尸骨未寒。我保持沉默。唯一明智的选择。沉默。

"先生，您听到她叫喊以后做了什么？"

我站了起来，尽我所能，以最快的速度——我的动作是如此缓慢。我扶着桌子站了起来。就是我写作的那张书桌。这时轮到我叫喊了，我在走廊里大喊，叫醒了值班的工作人员。我嘶哑的声音敲响了警钟，代替了我的邻居自己敲响的丧钟。她用尽了全力，还是不够响亮。我替她大喊。结结巴巴，越喊越响，愤怒地吼叫。我觉得自己的声音撕破了黑夜，落在了我邻居的叫喊声上。她越哭越伤心，呼喊失而复得的爱情。当我走到与我一墙之隔的那个房间的时候——也在底层，但不朝着花园——当我颤抖的双手敲着她的门，转动门把手的时候，我看到了死亡。成群的护士跑到她的床边。她们蓝色的衣服在床的周围形成了一片蓝天。床上安装了电子设备，老太太已经按了，想起身。为了面对死亡。她痛苦得身体都僵住了，眼睛深陷在因死亡而显得空洞的眼眶里。我邻居的蓝眼睛里充满了痛苦和恐惧。那景象十分可怕。没有甜美的死亡。只有终极的痛苦，最后的恐惧，唯一的治疗方法是工作人员假装的爱。那些人熟悉如何处理临终事宜，知道这个时候该怎么说怎么做。没什么用的权宜之计。女邻居去世了。再也听不到轻轻的祷告声。我再也听不到了。我只能听到我自己的声音。和死一般的沉寂。

*

公证人说是十四点三十分。这记在了我的记事本上。一本棕色的鼠皮缎①牌笔记本,包着黑色的壳子,我用细细的旧字体把所有的东西都记在上面。当天下午十四点三十分有约会。邻居去世是意外发生的,没有记在我的记事本上。今天下午,我要离开这个地方以及在这里游荡的死魂一会儿。外出几个小时。和公证人见面,有趣的巧合,正好是今天。要和公证人见面,死神却刚好在这时来敲门。不是我的死神,而是我邻居的。就在我旁边。好像炮弹呼地一下飞过,千钧一发,刚好掠过我的脑门。就像我从前在战争中所遭遇的,它总与我擦肩而过,然而每次都没打中。总是很近,总是在旁边。到了十四点三十分,问题将不再是我的邻居,也不是她的死亡,而是我死了以后于西的房子怎么处理。"我死了以后"——悲哀的语气。我再也不能回到于西我曾经住了那么久的房子了。开着我的

---

① 鼠皮缎(Moleskine),意大利高档文具制造商,主要生产销售高档笔记本等豪华文具。

雪铁龙2CV，它灰色的车顶已经被太阳晒褪色了。妮科尔曾说，那是被月亮晒的。她说，车子停在外面，晚上受到"月光"的照射，车篷会被晒焦的。我的雪铁龙2CV的灰色车顶是一块帆布。帆布已被星星和时间穿了一个个洞，空气轻轻漏进来，像是一次自由的呼吸，推着我一直到家。向我张开双臂的家。我的雪铁龙2CV开得飞快，一直开到于西，开到花园里，我用一个漂移动作让车子靠边停下。像个孩子一样。用钥匙打开白色房子的大门——我的"白宫"[①]！像个孩子一样。我把鞋子放在门口的鞋柜里面，打开推拉门。那里，是房子的主间，这是农村人的叫法。一切都在此发生。在那里，一切都可能发生。我在书桌前坐下。幸福时光。

就像我的其他东西一样，我的书桌也是斯巴达式的。深色木材制成，四个抽屉，一台打字机。我的左手边总是放着一盒雪茄，白色包装盒上印着一位侯爵夫人或者外交官的头像——政治上的烟草中毒。烟灰缸放在右手的右侧——方便起见。带有

[①] 法文中"白色房子"（maison blanche）与"白宫"（Maison-Blanche）同音同形，只在字母大小写和连字符上有所区别。

旋转盖的按钮式钢质烟灰缸——在于西买彩票时抽中的。"这还不算运气吗？"妮科尔对我说。我用食指一按，就能除掉烟灰和烟蒂。转眼之间，手指一转。我叼着烟，吸着雪茄，雪茄被机械般地夹在双唇之间。烟从我的鼻孔出来，我消失在烟雾中，直到剩下的烟头落到烟灰缸里。食指一压，手指一转，烟消云散。

从我的书桌前，可以一直看到花园。这是一个观察哨。外面的世界向我走来。在梦中见到的古老景色、别人想象中的景色与我从窗户欣赏的景色结合了起来。两个男人，两个伙伴，在一棵被连根拔起的树下，凝视着朦胧的月亮。这景象向我走来。树倾斜了，但还没有倒。这棵树非常老了，足以感受到它的百年沧桑，它倒了一半就停了下来，好像在跳舞一样。这景象向我走来。那两个男人也弯着腰，靠在一棵树和一块巨石下。这是一个巨石阵——神秘的巨石建筑，它随时都会出现在爱尔兰人的马蹄下。我让它来临。我让夜色和乡村向我扑来，乡村笼罩在浓雾之中，时隐时现。流浪之地。我看不见什么东西，只能隐约分辨出两个同行伙伴的轮廓，他们起身又坐下。夜色中，他们的帽子在头上晃动。我思绪就那么黑,像我的打字机的墨带那么黑。我用手指敲打着打字机,把那种黑打在一句句对话上。完全用打字机打印出来的对话。人物也是如此。

主间里还有什么东西?我记得有张雪橇床,是用来坐的,我给坐在上面的海登递去一杯酒——我常和他用我爷爷的棋盘玩无休止的游戏。厨房在走廊尽头。每到晚上,我们总是鬼鬼祟祟地来回去厨房拿酒。于是走廊也变得漫长无比,一直延伸到厨房,那是储藏酒和食物的地方。厨房很简陋:一个水槽,一张饭桌,上面铺着现代面料的紫红色桌布。不是油布,而是经过防水涂料处理的棉布,我经常把欧蕾咖啡洒在上面,早晨醒来时的我迷迷糊糊,拿不住咖啡碗。我常常拿不稳咖啡碗,我不是一个习惯早起的人。苏珊知道这点,正因为如此,她才会买这块现代面料的桌布,防水且不留下污渍。至于为什么选择紫红色,我从来不知道。为什么是带粉红的紫红?也许是为了使房间变得更明亮悦目。厨房里面毫无装饰,像修道院的厨房一样,只有几张柳条扶手椅和一张摇晃的桌子。我差点忘了放零碎杂物的盘子——厨房里的重要物品。放在桌上的那个杂物盘，是我用来给妮科尔留言的：

非常感谢您带来了菜园里的新鲜蔬菜，还打扫了房间，让它变得像新的一样！这里有三块钱，是给孩子们的零花钱。

替我拥抱他们。

山姆·贝克特

我觉得我必须写上"贝克特"三个字。这很蠢，但我觉得不得不写。理由很简单，而且只有一个：妮科尔总是称我为"贝克特先生"。我并不是很喜欢这种叫法，因为这让人觉得我有点像老板，有点高高在上。况且，由于她还很年轻，我还叫她妮科尔。我不是很喜欢这样。这过于老派：我是"先生"，她是"妮科尔"。但我也不能对她说，你叫我"山姆"吧。我非常了解法国人，他们在称呼别人为"先生"或"夫人"的问题上过于讲究，这有点贵族的感觉。但这并不是要达到的目的。顺便一说，法国人的那些优雅举止总是让我觉得很好笑。还有他们的一整套礼貌用语。对他们来说，与被称为"夫人"的人上床，比如对面的女邻居或他们最好的朋友的妻子，跟这种庄严感毫不违和。恰恰相反，"夫人"的称呼并不影响任何事情。"夫人"这个词打开了天堂的大门，那里面的殷勤没有界线。"夫人，请让我帮您把胸衣上的花朵扶正。"这是百分百的法式礼貌。理所当然的事儿。不得不说，从这个角度来说，我觉得自己是个爱国者。可以说，我只是法国的过客。"夫人，向您表示敬意。"可怜的老顽固。

"贝克特先生，您没有碰您的午餐！

"可今天的午饭非常棒，您看：

"鱼肉冻、烤牛肉配土豆蛋黄酥和胡萝卜、奶酪、樱桃馅饼。

"我再给您一点时间，我最后一个来收您的盘子。"

不饿。没有胃口。我觉得她的出现对我来说没有任何帮助。那个胖胖的可爱的女人的出现。没有什么吸引力。那就让她收回餐盘好了。她丰满的胸部会沾上烤牛肉配土豆蛋黄酥的调味汁。说得太多了。脾气暴躁的老头。昨天晚上的事情仍然使你心绪不宁。可怕的夜晚。你要迟到了。老废物，你得赶紧向圣雅克大街的PLM酒店出发——用拐杖进行一场马拉松。那个酒店,是世界上最现代化的酒店,鳞状的外墙,飞快的电梯。妮科尔和让不会再回来,你也不能再回到于西。几个小时之后,一切都将结束——那座房子,那个花园。事情已经了结。把你再也无法享受的东西送给他们吧。你再也无法享受了。你已经享受够了。

在三一养老院

巴黎 1989年8月20日

（广播）

大家好，您现在收听的是《剧院档案》节目。今晚，我们将去探寻一位最法国化的爱尔兰人，荒诞派语言大师塞缪尔·贝克特先生的足迹。今年是这位剧作家获得诺贝尔奖的二十周年，他当年拒绝去领奖——因为害羞，也有人说，是出于挑衅。今天，我们还将向您展示剧院档案馆里珍藏的不为人知的珍贵资料。几秒钟之后，您将听到对演员维托里奥·卡布里奥利的采访，当时《等待戈多》第一次在意大利上演。节目之后将播出完整的作品，法语版（1958年的首演用的就是法语），1978年4月2日在法兰西剧院演出的版本，由伟大的罗歌·布兰导演。

三，二，一，零……你好巴黎，这里是罗马。

我们根据演员们的状态、经纪人的要求和剧院的情况,将剧本合并、拆散,重新创作。导演鲁契亚诺·蒙多尔福和主演维托里奥·卡布里奥利身处罗马一个漂亮的小剧院的舞台上:位于维多利亚大街6号的剧院。他们将在这里和马尔切洛·莫雷蒂一起发挥自己的才能。人们还记得,马尔切洛·莫雷蒂曾在巴黎取得过巨大成功。他在哥尔多尼[①]的话剧《一仆二主》中饰演了阿列图依。那个戏由米兰小剧场排演。好几个星期以来,克劳迪奥·埃尔梅利、安东尼奥·皮尔费德里奇、卡布里奥利和莫雷蒂共同演出了塞缪尔·贝克特《等待戈多》的意大利语版本,取得了巨大成功。画家朱利奥·科尔泰拉奇绘制了十分吸引人的背景,极为朴实与克制,悲剧色彩适可而止。全罗马的文化人都会去看戏的。卡布里奥利先生,我向您表示祝贺,我也庆幸自己能请到您为这个特别节目讲几句……

如果自我庆幸能让他们感到开心的话,就让

[①] 哥尔多尼(Carlo Goldoni, 1707—1793),意大利剧作家,现代喜剧创始人,代表作有《一仆二主》(*Arlecchino servitore di due padroni*)、《女店主》(*La locandiera*)等。

他们自我庆幸去吧！所有的快乐都属于我，所有的快乐都曾属于我。多亏了苏珊——我永远感激她。她在幕前，而我则藏在幕后。她不遗余力地替我推销我的作品，为我的手稿讨价还价，手里拿着我沉甸甸的稿子在雨中等待。她登上一家家出版社的楼梯，敲开一家家出版社的门。苏珊留意出版社门房和剧院的动静，隐藏在那位并不是大师的人的阴影里。那位语言大师已经把自己的舌头藏在口袋里。吞咽了下去。大师担惊受怕，不乱说话，沉默不语。怕它掉下来，怕它说错话。别无他法，他把它给了猫，想让猫帮他摆脱窘境。那个胆小鬼大师藏在自己的洞里。得益于苏珊，我曾拥有所有的快乐。用各部剧作创造出来的快乐。她用双手创作了那些剧作。苏珊为我拼起了一整个剧作拼图，而我，我在这里埋头工作。我在写作，"等待"事情发生。等待事情完成。苏珊藐视困难，知难而上。她双手抓住了我所缺乏的勇气。我想念苏珊。我也想念我所缺乏的勇气。

　　苏珊见了所有人，出版商、导演——那些人把我从我给自己挖的洞里拉出来。其实，那个洞挺令人愉快的。至少我不费吹灰之力就能适应。我觉得那并不是一个洞，而是一个裂口，或是一道裂缝。不，我的洞，或者说我所藏身的那个洞，在别人把我从那里弄出来的时候，它更像是一个小小的藏身之处。一个我喜欢在那里写作的藏身之处。在那里，我终于可以随心所欲地写作了，不用担心其他的一切。世界上我无法对付的那些事情。在我的洞里，我把自己腰以下的身体全部埋进土里，但双手自由，可以疯狂地写作。闸门打开，文思如泉涌。就像一只斑尾林鸽——一种候鸟，翅膀不能飞了，它受了伤，被迫中断了它的旅行，但现在一只翅膀已经恢复，它准备仅靠一只翅膀重新展翅高飞。一直飞到筋疲力尽，直到疯狂的飞行让它轻轻地落在遇到的第一根树枝上。除非一颗子弹中断了它的行程。悲惨的结局。那不是我的结局。

老实说，在我的洞里——我自己挖的洞，我在洞里工作，我也许不那么"开心"，但我很放松。是的，放松。写作能让人放松。至少能立即放松。由于写作之前积累了太长时间，我好像长了一个脓肿，让我痛苦不堪。写作消去了这脓肿，使我更加放松。生病的快乐，一点点的快乐。然后脓液随之而来，像急流一般。半生过去了，光阴似箭。不应该什么都讲出来的，也不需要什么都写下来。我看着时光飞逝。我脚蹬靴子，试图掏空被我的半生填满的洞。过去的半生历历在目。重温旧梦。但我得摆脱它们。写作如分娩般痛苦。我那专心致志的耳朵——就是我想象中的那只在我写作时总是守在我身后的耳朵——总在我身边。在洞里。在我身边，在笔下数不清的人物中，我必须给他们每人取个名字。比如莫洛伊①，爱斯特拉冈，弗拉基米尔②，马龙③。来了。他们都来了。而且，洞被填满了。就像一个隔夜的鲜鸡蛋。

（广播）

亲爱的听众朋友，在剧作上映之后，有位评论家在报纸探讨了剧中人物所等待的那个戈多。等

---

① 莫洛伊（Molloy），贝克特的同名长篇小说《莫洛伊》（*Molloy*）中的主人公之一，在该作品的第一部分以第一人称"我"的口吻讲述自己充满怀疑主义的孤苦漂泊生活。
② 爱斯特拉冈（Estragon）和弗拉基米尔（Vladimir）是《等待戈多》中的两位流浪汉主人公。
③ 马龙（Malone），贝克特长篇小说《马龙之死》（*Malone meurt*）中病入膏肓的老年主人公，在该作品中以第一人称"我"的口吻讲述了等待死亡的漫长过程。

待,是这部剧作真正的主题,在它背后,是一个关于理想的神话。人人都在以自己的方式追求理想,却从来没能达到,但正是这给了他们继续生活的动力。塞缪尔·贝克特向我们呈现了那些不幸者的生活,那些不幸者就是我们大家。这种残酷,与奴隶主波卓施加给他的奴隶的暴行相比,有过之而无不及。犹如套在脖子上的绳子,象征着人对人的剥削。

另一位评论家批评剧本及其导演罗歇·布兰,说作品太难懂。《等待戈多》无疑是一部难懂的作品,有时候甚至晦涩到了难以忍受的边缘。但正因为把树栽到了这种边缘,这部戏才以安托南·阿尔托①那样的批评家喜欢的方式,冲破了空间、时间甚至意识的限制。

"评论家的聒噪声……"那些不幸者付出了巨大的努力。那我的出版商朋友呢?布兰和其他人呢?为了一部没有什么情节的戏,他们付出了那么

---

① 安托南·阿尔托(Antonin Artaud, 1896—1948),法国戏剧理论家、批评家、作家、画家、诗人,提出了"残酷戏剧"的理论,主张戏剧应以生存的痛苦唤醒人的神经与心灵,主张废除剧作家在戏剧表演中的权威地位。

多的努力。可以说,戏里什么情节故事都没有发生,也许除了发生于坐在第三排的那个穿蓝色衣服的女士脑中的情节。这些阴森的布景(乡间小路、树木和大石头)让她感到很无聊,她开始思考。或者应该说冥想,这个词更正确一些,包含了做梦的意思。那她在冥想些什么呢?当我思考着如何呈现《戈多》这部作品的时候——它还没有上演,还没轮到《戈多》——我经常想到她,我常常想象,那位穿蓝色衣服的女士,坐在第三排,无聊得要死,开始冥想。这是对付无聊的良药。"等待",我是说在等待这部作品上演时,她会想到什么?也许想到了那个推销员当天下午两点左右来见她了,当时只有她一个人,空荡荡的屋子只有她自己的声音发出孤寂的回响。一个非常帅气的推销员,推销语言学习的入门教材,在她喝咖啡的时候按响了门铃。他说:"您好,夫人。我向您推荐一款产品,能让您在几个星期内就学会意大利语。"她让推销员进了屋,而她平时是那么警觉的一个人。她甚至请他坐下。这正是喝咖啡的时间,她不想一个人喝。这次不想。

"这一点儿都不困难,夫人。这本教材很简

单。您只要跟着学就可以了。五十节伴有录音和幽默插图的课程。您会发现,它很有趣,而且非常简单。几个礼拜以后,夫人,您就可以阅读但丁的著作了。我没有开玩笑,但丁!"

接下来发生了什么呢?她是否屈服于这个诱惑,这些诱惑呢?故事里没有说。故事里说的是——我在我的洞里构思作品时无数次想到过——那个穿蓝衣服、坐在第三排左边的女士,我是说靠花园这一侧的女士,满脑子都是那个推销员和他漂亮的胡子,而不是在看舞台上表演的节目。尽管舞台离她很近。至少从地理位置的角度来说是这样的。但节目并没有因此而获得她的注意。而爱斯特拉冈睡觉的那个壕沟,似乎反倒有把这位太太的注意力推开的效果。附带伤害。这种附带伤害,从戏一开头就出现了①。那条沟壑是那么深,以至于那个不幸者的思想——如果考虑到她可能在那个推销员的陪伴下度过了美好的下午,我得说,她也可能是个幸福的女人——跨越了壕沟,开始徘徊流浪。她的思想在乱飞,飞得那么高,飞得那么远,结果再也没

---

① 爱斯特拉冈在《等待戈多》的开头就提到他前一晚睡在一条壕沟里。

有回来。再也没有降落。总而言之,表演结束之前没有回来。《戈多》的结束。戈多迟迟不来。没有降落。甚至没有落到舞台布景里树木的第一根树枝上。树木光秃秃地站在舞台上,慷慨地把树枝递给它。啊,思想的降落……不那么精确的科学。我对此有所了解,我的思想从来没有与我的其他部分完美结合过。与我的其他部分,与我的身体。反过来也一样。我要说的是,我的身体也从来没有乖乖地听从思想的指挥。至少可以这么说。我的身体,是个运气不好的伴侣。不中用的另一半。我的身体,总是在做与另一半的要求相反的事情,这次,"另一半"指的是我的思想。冲动的身体即使发誓献身给圣人们,也会选择胸部最丰满的那个。只要那女人稍微有点点可爱。身体乐于服务于女性,没有太多的歧视。只有一个条件:只限于我所能忍受的。我能为之受苦的:被抓被咬还过得去——但不能被殴打。那我不能忍受。殴打会使我恼怒得像个凶神恶煞的坏蛋。不,殴打,我绝不能忍受。无论是我的老师还是梅打我。梅在恢复理智后总是否认打过我——她常常失去理智。思想濒临绝望。罹患神经系统疾病。

对于我的思想,我不得不说,很不幸,它并没有比我的身体更忠诚。我的意思是说忠于自己的意愿。我的思想是流浪者的思想,是流浪精神——总是行走在路上,走遍乡间小路,而不是停留在正在说或正在做的事情上。总是迟了一步。所以,我从来没有恨过坐在第三排的那个蓝衣女士,我把她当作姐妹,看着她像跳过牛棚栅栏的公牛,沉迷于那位让她如此心颤的推销员。他是那么吸引她——那个讲英语的帅哥,"来,甜心"①——以至于直到巴比伦剧院②里响起雷鸣般的掌声才使她缓过神来。身体和灵魂在戏中,至少在这个大厅里。我说"雷鸣般的",并不是想炫耀,并不是乘机暗示正在上演我的作品《等待戈多》的剧院大厅爆满,而是尽量准确地描述演出情况。天生的完美主义者。因为巴比伦剧院大厅的音效刚好特别棒,所以喝彩声显得格外响亮,而我对此又特别敏感。是的,我从小就对声音特别敏感,这是我的另一个先天缺陷。对

---

① 原文为英文。
② 巴比伦剧院(théâtre de Babylone),位于巴黎七区的小剧场。《等待戈多》于1953年在此首演。

于我这种耳朵敏感的人来说,噪声是难以忍受的,加上那天晚上观众人数比预期的多很多,工作人员只能急忙增加折叠椅。所以,前面提到的"雷鸣般的"掌声让我像公鸡打鸣那样,高兴地看到掌声如雨点般落到鸡舍里,像是要炫耀一番。公鸡。必须说,"公鸡"这个词本身,是极其吉利的,因为在我的母语中,根据上下文,这种鸟能指代作品上演几小时前推销员用来取悦蓝衣女士的身体器官①。你个老阉鸡,怎么谈起公鸡来了?

最后,我希望谈一谈观众。我可以想象,那时的观众也很高兴。高兴演出终于结束了。当一件事情全部结束的时候,人们总是感到很高兴。彻底解脱了。即使在剧院里也是如此。不管戏的质量如何。所以我会很高兴给观众们带来短暂的喜悦,哪怕是在戏演完后。已经完成的作品的喜悦。我说的观众,指的是那一小群神经高度集中、在耐心等待的人,他们正要发现那个可恶的戈多的秘密。等待一个没有出现的幽灵。它没有来到我身边。我无能为力,无法阻止它的逃跑。

---

① 英语中"cock"一词既能指代公鸡,又能指代男性性器官。

这个可恶的戈多。如果戈多确实存在，我是说存在于剧院里，那要感谢布兰大人拼尽全力，撼动了天与地。布兰比我更虔诚。这并不困难。他付出了巨大的努力。他们都付出了巨大的努力。苏珊、布兰和出版商。他们都是山姆的奴隶。山姆就是权力巨大的奴隶主波卓。他双手交叉着，在一边等待。等别人给他翻页。苏珊负责发送我的作品。几百页手稿寄了出去——如同大海中的漂流瓶。几乎全部石沉大海。仅剩的若干幸存者，幸运地着陆于恩人出版商的膝盖上。

恩人出版商在地铁里，拉莫特-皮凯-格勒内勒站。《莫洛伊》的手稿放在他的膝盖上。莫洛伊在跟他说话。他很喜欢莫洛伊。他太喜欢这部作品了，笑得就像扳口自动开合的活动扳手——我们那里叫作"笑得就像一条排水管"，这种说法也是英国人的杰作，谢天谢地①。他捧腹大笑：他已经不能控制自己的脸部肌肉。"笑到肚子疼"。他告诉我，他笑得太厉害，结果稿子都散了。他把它重新收拢，怕它掉落。怕脆弱的手稿四散，它刚刚才逃

---

① 原文为英文。

过一劫，还没有装订。出版商换乘10号线，坐到了塞夫尔-巴比伦站。他也可以坐得更远，只要不超过奥德翁站，都是可行的，因为他喜欢走路。他钻进人群中，穿过肮脏的走廊。那些乘客，跟他一样转车的，打量着他脸上的笑容。他爱莫洛伊爱得发疯，脸上到处都绽放着笑容。出版商是一个疯子，是对我的作品如疯子般入迷的读者之一。他费了九牛二虎之力让我得到这个出版机会。意料之外的好运气。

"贝克特先生，不好意思打扰您了。理疗师马上就到。"

而且，那些对我的作品如疯子般着迷的读者，他们只好这一口，我说的是弗拉基米尔和爱斯特拉冈。他们是真真切切地梦想着上吊。梦想在树叶当中跳舞，嘴角含笑，拉紧的绳结朝着天空。梦想给自己来一场一次性的华尔兹舞。不可避免地会在材料方面出现意外，绳子难以扎紧，很多技术细节需要确定，关于绳子的长度，以及绳子的材质：用肠线还是用麻绳？抑或是用黄麻绳？如果我们恰好手上有一根就好了。或者是替代品：钢琴弦，电缆。

仔细想一想，无论什么线都应该可以用来做这件事，可以让他们在树上荡最后一次秋千，在即将坠落的干枯树叶中前后摇晃。

"她想和您谈谈，关于您的腿和您现在变得低下的行动能力。"

但自缢——不是过去由法官判决的绞刑，绞刑在当时通常都是由公务人员负责执行的。不是的。我是说，以个人名义实施的自缢——这不太容易做到。这需要有把身体挂上去的巨大力量。除非借助外力……

"根据您的要求，我们把最近的进展告诉了她。她将让您做一些练习。"

在这样的情况下，一般来说，别人是不会来帮助你的。帮助永远不会来自别人。外人什么用都没有。唉，我也没用。

中 期

"您看见那些长长的白色平衡杠了吗?您过去,靠在它上面——右手放在一个杠杆上方,左手放在另一个杠杆上方,就像这样——然后不慌不忙地一直走到头。这个练习的目的,是利用您的胳膊来减轻您腿上承受的重量。最重要的是,慢慢来,不要着急。我不会用秒表计时,这不是赛跑,知道吗?来,我扶您站好。双手……很好。行了吗?您可以开始了,我看着您。"

"……"

"慢慢来,慢慢来,贝克特先生!为什么要这么快?这样太冒险了!您这样会让自己受伤的。这很好笑吗?真是的!我知道地上铺了地毯,但仍然很危险,我不想让您受伤。来,我们重新开始。慢慢来,好吗?"

"……"

"啊不,不会吧,贝克特先生!停下来,停下来。等等!等等!我让您做这个练习是为了让您能更好地走路,而不是让您受伤!我非常希望我们可以再试一次,但您真的应该减慢速度,好吗?否则,我立刻把您送回房间。我知道您喜欢这样,但这样很容易跌倒。好了,最后一次,我希望您可以别再让我生气了。"

我几乎是在被骂。如果我喜欢走快点,我是说根据老年人的标准,我就会走得很快,就这么回事。我总是走得太快。早年的癖好。我一直喜欢速度。一头狂躁的公羊。无所畏惧的动物。固执得跟牛一样,什么都打乱不了我的节奏。就这样不可救药。一直喜欢速度。虽然这会加速我的跌倒和死亡。走得很快,说得很快,直至断气。我就是喜欢这样。在戏剧中也是,甚至在我的作品《不是我》①中也是如此——一个用极快的语速讲述的故事。一张大嘴大声说话,连珠炮似的。一张大嘴,满是牙齿。一张美丽而疯狂的嘴,在剧院的黑暗当中。两片血红的嘴唇飞快地说话。在高声辱骂,在谴责,在回心转意。一个激动的女人张开嘴。惊慌

---

① 《不是我》(*Pas moi*),贝克特的剧作,整场剧的舞台上仅出现一张老妇人的嘴,讲述着她生命中所经历的创伤。

的女人，我应该这么形容。看到这张激动的嘴什么都说，其他人也激动起来。它毫无保留，甚至会大声尖叫。可怕的女人之嘴。我浑身战栗。看到女人的嘴巴，我常常会战栗。那些大声尖叫的女人，让别人感到战栗的女人，就像一头美丽的野兽，让人忘了它野蛮的本质。野兽在沉睡着，美得让人忍不住想靠近它。毫无戒心。在它沉睡的时候。这头充满魅力的野兽吃完猎物之后身心放松。但它突然惊醒了，露出了它的獠牙。是有什么动静吗？还是又饿了？这是我童年时候的噩梦。在那张美丽嘴巴的牙齿间，我度过了多少个夜晚！锋利的牙齿就像剃须刀一样。它受到猛烈食欲的驱使。黑夜中我却看不清那野兽饥肠辘辘的肚子。一条热乎乎的舌头舔来舔去，牙齿就长在舌边。迷人而难以抵挡的舌头不小心舔到了锋利的门牙——那是一把剁肉刀。噩梦中的我处在这张嘴中——全身或部分。我总有一部分身体陷入那张不可名状的嘴中。起初，我在这张甜蜜的嘴里历险，<u>丝毫没有警觉。无畏的动物，年轻的山姆，热血沸腾</u>。我独自前进，被温暖湿润的嘴唇和美人鱼般的声音所吸引，那声音让墙壁都抖动起来。湿润的嘴唇像平静的海面，用舌头清洗我——舌头粗糙得恰到好处——使我沉醉其中。那时的我总是沉醉其中。直到一切都颤抖起来。厚厚的迷雾掩盖了我的思想。水流慢慢地发生了变化。一道海浪如预兆般慢慢地涌来,把我卷入暴风雨中。我屈服于这不可抵挡的诱惑。被完全拉向这张吸着我的嘴。它吸我的力量是那么强大,使我完全消失在其中。被这张美丽的嘴所吸,被这条温暖的舌头包住,直至被掐住了喉咙。我这个被囚在嘴中的约拿①,试图逃离。几分钟前,这张嘴还使我如此兴奋。我颤抖着醒来,怯生生地触摸着自己的身体,部分或者全身,想核实有没有缺了哪个部分。我什么都没缺。我那满脑子的狂欢,制造了那么大的纷乱,是否正是它让我无法区分噩梦与美梦的狭窄边界,在这个令人眩晕的悬崖迷失了自己?这张嘴使我如此沉醉,却又突然让我觉得离自身远至千里。它是否揭示了我对某种快感的恐惧?这快感一旦过去,给我带来的将是可怕的报复。我不知道。我只知道,每当睡意把我裹挟进它的深渊,用那

---

① 约拿(Jonas),《圣经》中古以色列国的先知,据传曾被吞入鱼腹三天三夜。

张不可名状之嘴带来的可怖快感迎接我时,我便飞快地冲入其中,恐惧之风在我身后吹刮,在后面推着我。我真是个受虐狂老头。

"贝克特先生,您还好吗?您吓坏我了。幸亏有地毯。我跟您说了,您走得太快了。我扶您站起来。"

她的嘴多美啊。牙齿像珍珠一样——稍稍有些间隙。她生气的时候语速很快。非常快。嘴唇拉得越来越长,嘴角都要翘上天了。

"对于第一节课来说,这太难了。我很抱歉,这是我的错。我会好好想想下次怎么练习,怎么更适合您腿部的问题。用平衡杠练习实在不是一个好主意。进度太快了。我很遗憾。"

不是我的错。意外的惊喜。突然找回了直面危险的快感。那是我的老朋友。闲逛时随时准备跌倒。跌落前最后的晕眩。

在三一养老院

巴黎 1989年8月25日

今天早上,我在门下发现了一张没有价值的小报。三一养老院自己出的报纸。我们都会看,尽管在这上面也看不到什么东西。报纸的正式名称叫《石榴红报》。我不是在做梦吧!这个了不起的主张似乎应该归功于那个热情的护士,虽然我记不起她的名字了。我要明确一下,对报纸的名称,我不做任何评论,因为它取得恰到好处。但至于其内容——如果这能叫作内容的话——我只能说,它讲述的都是些不久以后就不在了的白发人的日常琐事。我所说的"不在了的人",指的是那些不久前我们还见过其本人,但此后就再也听不到其消息的人。直到某一天,在散步的时候,偶然发现墓碑上刻着他的全名……

我说得太快了,总是太快了。对于这份老年

中　期

报,这份站在死亡悬崖边的老年人的报纸,行将就木之人的报纸,已被死神召唤——再小小地努力一把,那个时候快要来临了——的人的报纸,争先恐后地奔向死亡之门的人的报纸,我想说的是……总之,我想说的是,关于报纸这件事让我想起了那次,我在梅林广场①的公园使劲向那些该死的海鸥扔石头——那些自大的海鸥,胆子大得很,其中一只猛地从我手中抢走了我的奶酪三明治。突然,我听到背后有两人在说话,奇怪得很。他们坐在一张因常年被雨水冲刷而闪耀着特殊光泽的木头长椅上。面前的花坛里盛开着紫色蝴蝶花和黄水仙。那应该是在三月初。但空气非常清新,以至于大自然都上当了,以为春天提早到了。当我正向那些抢了我的午餐的盗贼海鸥扔石头的时候,我听见一个老人对另一个来看他的老人说:

"嘿!很高兴在这见到你。很久没有见到你了。天呐,我在想是否会在报纸的最后一页看到你!"

---

① 梅林广场(Merrion Square),都柏林市中心最负盛名的广场。

不再等待戈多

"啊，没有，还没有。不过快了。"①

这一对话让我笑个不停。如果我要翻译——这是这几天我唯一能做的事情，而且量不能太多——我会这么翻译。首先是背景：

比尔坐在梅林广场的长凳上，读着报纸，目光久久地停留在最后一页。他没有注意到肖恩拄着拐杖，正小步向他走来。最后，他们的目光相遇了。比尔收起手中的报纸，肖恩费力地坐到他身边。

"你好啊，老兄。很长时间没见到你了，很高兴见到你。见到你我就不说有多放心了。天呐，我正在读报纸的最后一页，看是否会在上面找到你的名字。"

"还没有，老兄。不过快了。"②

啊！都柏林人讲的故事。总是带有些海水的苦涩。不幸者的嗜好——并不适合所有的人。慢

---

① 此段对话原文为英文。
② 此段对话为注释①对话的法文翻译。

性病。我所珍爱的祖传旧习。也许只遗传了我一个人。不过我很珍惜它。它总是让人们在意想不到的时候咯咯发笑。这笑声犹如鞭笞,总让人有点疼。令人愉快的鞭打——本性难移。抽几鞭,尽可能轻柔,不会让人那么不舒服。这样可以减轻压力,尤其是我们自己拿鞭子抽自己的时候。愉悦程度和疼痛程度成正比,会随着紊乱程度的增加而增加。那种笑,浑浊得像河底的淤泥,藏着那么多塞满甜蜜秘密的空瓶,藏着那么多消失无踪的尸体。那种笑,从头到脚包藏着世界,世上那些不值一提的英雄壮举尽在它最年长居民的眼中。老人们都是笑容大师——爱尔兰最美的笑容。他们再也没有什么可以失去的。甚至有点急。急着想出现在报纸的最后一页。缅怀栏或讣告页。报纸上的墓地。

死者:某某先生,威克洛人,年龄:83岁。其夫人与子女在此沉痛宣布他的去世……

死后出名。回到刚才我们所说的《石榴红报》上来吧。从门底下塞进来的那期报纸叫作"露天酒馆",报道了工作人员今年夏天在花园里组织的一场舞会。请消防员来养老院参加的舞会。显然，此事很实在，不能不表示赞赏。消防员，老年人的救星：既是舞伴，又是急救员。田园牧歌般美妙的鸡尾酒会。舞会进行得很顺利，安全得很。我身体虚弱，请了病假，所以无法详细描述这场舞会。但是，花园就在我的窗下，我可以清楚分辨我所听到的伴奏曲目。令人筋疲力尽的爪哇舞曲。简直就像战争刚结束时那样。钟停了，指针断了。一场时空旅行，不想回来。

我想那些健壮的消防员一定在忍受那些可怜的老太太拙劣的调情。其中一些老太太显然如此，比如那个小个子的金发老太太。她失去了理智，不过，不幸之中，她得到了一个高个子驼背老头的安慰。住在20号房间的那位。一位头发浓密的英俊老人，目光犀利。他安慰着她。不仅如此，他还哄她开心，像宝贝一样拥抱她，像初恋一样搂着她。那位金发老太太开心得咯咯笑起来。满含欲望地笑了。黄昏恋让她满眼惊喜。一生中最后的真爱。那位情人也同样失去了理智。记忆失去了，方向迷失了。虽然两人尚需磨合，但无所谓。进展顺利。如果不是她丈夫——还活着，也还没有老糊涂——

每个星期天定期来探访她,至少进展会很顺利。她丈夫发现了她在给他戴绿帽子,发现自己无法给这位爱欲沸滚的金发老太太以同样的爱情,眼睁睁地看着她疯狂地投入那个驼背老先生的怀抱。她甚至没有意识到这点,也不打算解决。她比其他人颤动得更厉害:最后一次爱情带来的颤动。"院报"上——其忠实读者之后是这么称呼它的——没有提到这位金发老太太及其恋人一个字。这是个违反情理的故事。报上有生日照片——生命里又少了一年。棺材上又多了一颗钉子。照片的特写镜头上,是一张张布满皱纹的脸颊,一双双失神的眼睛,一个个光秃秃的脑袋上戴着纸做的尖顶生日帽。生日快乐。①假装尊敬那些还健在的老人。他们因关节炎而变得不灵活的手指攥得紧紧的。唯一的娱乐是:看星座运势。用法语怎么说"白羊座"?哦,对,想起来了。关于占星学的记忆衰退了。

致出生于3月21日至4月20日之间的居民:白羊座运势。

---

① 原文为英文。

海王星刚好经过:遐想和内省的好时机。回忆再次浮现,不管是好是坏,使您可以明智地考虑未来。从错误中吸取教训,这是关键。

与土星和金星形成三角:您被亲人们忠诚且无条件地爱着。

冥王星上升:注意不要被您的老恶魔抓住。讽刺别人、阴暗的思想、沉闷的个性。注意您的健康。在这个脆弱的时期,要避免极端。

我的老恶魔。他们曾放过我一天吗?或一个晚上?一个小时?他们最多被关几分钟。被捆在隔壁房间。从来没有离得太远。离我太近了,以至于我一直把它们当作我自己。他们也一样。也许在我不相信其存在的地狱里,我已经大名鼎鼎了。阴暗部分的占比大大超过常态。至少从头到骨盆都是。除了生殖器。你以为呢,老变态!我从头到脚都是个恶魔。无可救药。你忘记了被你打发走的美琪①吗?一个可怜的不幸女人。其实你爱她。但你更怕她。

---

① 美琪(Mouki),帕梅拉·米切尔(Pamela Mitchell, 1922?—2002)的昵称,美国人,贝克特曾经的女友。

你更喜欢苏珊,她让你免去了许多痛苦。该死的生殖器,需要它的时候总是不争气。用伪装成忠诚的胆怯对待美琪。对两个女人都施以粗暴的虐待。像顶圆顶礼帽那样黑!不,如果算上生殖器和再也站不直的双腿,那阴暗部分就太大了,大到连大象的臀部都能放下。当然,是相对而言。

几个动作就可以使你得到多次救赎。先人后己。那些阴暗的老恶魔不需要你。在医院病床上发疯的梅也不需要你。你母亲已经不认识你了。梅已经神志不清,一条腿已经踏进地狱。漫长的临终时刻。

你的兄弟①呢?你的兄弟。角色分配得很不公平:一个生来长命百岁,而另一个不是。"只有杂草是独自生长的。"梅说。没有食物,没有热量,它却不停地生长。不怕风吹雨打。它忍受着冰霜,忍受不断变换的四季,一刻都不能懈怠。永不歇息。你是这个孤岛上的最后一人,雨在为你哭泣。倾盆大雨。犹如能磨损岩石的高压水枪,喷射着哀伤,强大的水柱横扫一切,直冲云霄,浇灭星星,

---

① 即弗兰克·爱德华·贝克特(Frank Edward Beckett, 1902—1954),塞缪尔·贝克特的哥哥,52岁时即去世。

扑灭最后一丝光亮。这就是对你的惩罚。一无所有的孤儿。只会数数空酒瓶,把它们像尸体般堆放在你的脚下。坟头鲜花盛开,你却赖活着,进不去。坟墓上已经长满了苔藓和地衣。你这个跛子,在镜子里看着自己,执迷不悟,和寄生虫一样长生不死。你已经到了生命的尽头。一切的终点。时间把你变成了一个刺客,一个弑母者,一个杀兄者,一个不忠的鳏夫。你太渴望这狗一般的孤独,狼一般的孤独——黄昏时分的孤独。

像鱼离开了水。[①]不要把一切都混淆在一起,你已选择了自己的语言。孤独得像鱼离开了水。不可避免的结局。现在,你窒息了,离开了爱尔兰的大海,远离了这片永远在讲述花园深处的老故事的永恒之海。小时候,你在海边像幽灵一样游荡。那个孩子已经死去。几乎从未出生。老了,但是还没死。

---

① 原文为英文。

"贝克特先生!贝克特先生,请开门!贝克特先生,您听到了吗?"

"……"

"弗朗索瓦丝,快来帮我。贝克特先生,您还好吗?能听见我说话吗?抓紧我的手。好。睁开眼睛。很好。您感觉怎么样?不舒服吗?哪里不舒服?"

"……"

"我们扶您坐下,这样您可以呼吸得轻松点。慢慢来。很好。我把您的氧气调到最小。用氧气面罩慢慢呼吸,医生很快就会来的。"

"……"

"弗朗索瓦丝,你去通知医生?是莫兰医生在值班。告诉她贝克特先生从床上摔下来了。她非常了解他的情况。"

"……"

"您感觉怎么样?呼吸得上来吗?可以?您真是吓死我了!您没有摔痛自己吧?没有?您确定?您身体仍然很柔韧!啊!您笑了!这是个好兆头。

到底是怎么回事?您是想拿什么东西吗?您弯腰了?您滚到了地上,是这样吗?您不知道?不会又喝威士忌了吧?不,现在时间还太早。我在逗您,我在逗您玩呢!是的,我知道,您从来不在下午五点前喝酒。您是个非常守纪律的人,这很好。"

"……"

"啊,您脸色好多了,这很好。医生马上就来。我想等她到了以后再扶您起来。但请您放心,我会一直待在您身旁。我会寸步不离。等等,我把您的毛衣放下来一点,您的肚子都露出来了。怎么?对,是这么说的:'遮住我不该看的乳房。'① 请教您一下,这句话是谁说的?维克托·雨果?啊,莫里哀?"

"……"

"我把您转过来,您可以背靠着床,这样您会更舒服。好。这样是不是舒服多了?木头会不会太硬了?太硬了的话,请您告诉我,嗯?您刚才真是吓坏我了。这里的床有点高,简直像高台跳水。确

---

① 引自法国剧作家莫里哀(Molière, 1622—1673)的喜剧《伪君子》(*Le Tartuffe*)。这句话常被法国人用于调侃裸露的胸部。

实是这样,科拉尔夫人中午出食堂的时候也滑了一跤,还是大白天呢!幸亏没伤着。我希望今天的杂技表演可以结束了。幸亏您体重比较轻,否则摔得会重得多。"

"……"

*

"贝克特先生……怎么回事?我是莫兰医生!"

"……"

"贝克特先生?回答我。您能睁开眼吗?贝克特先生?弗朗索瓦丝,去叫救护车。告诉他们说有个八十多岁的老人从床上摔了下来,失去意识了。娜嘉,刚才他和您说话了吗?"

"说了一点点。但他完全能听懂我在说什么。他是刚刚才失去意识的。"

"脉搏稳定。他在呼吸。我们把他重新抬到床上。半坐姿。给他戴上低流量氧气罩。血压多少?"

"11/8[①]。"

[①] 此处血压的单位应是厘米汞柱(cmHg)。

"很好，瞳孔有反应。不是心脏骤停。他呼吸正常。他会恢复的。给他扎上针，然后开始输液。在救护车到来之前，为他测一下心电图，这样可以为急救人员争取一些时间。"

不再等待戈多

正如他们所说,"山姆度过了一段鲸鱼般的时光"①。一头鲸鱼,确实如此——山姆这条年迈的鲸鱼搁浅在地毯上。她终于说出来了,这个该死的老太婆,竟把我比作鲸鱼。或者也可以把我比作更为瘦小的物种——小须鲸。动不动就自我毁灭的家伙。兀自沉入海底,不需要任何渔民的帮助。意想不到地淹死了。而船长就在后面,紧握着鱼叉,准备追捕它。山姆,他最大的敌人就是他自己。他完全知道该怎么做,如何投入自己铺开的网中。热衷于自杀的哺乳动物。他自己制造了这场摔倒。倒地。沉没。海战结束。进行得很顺利,山姆老爹。天呐,真的摔到地上了。

鲸落于深海——这比喻还不错。因为我现在也只有一半的大脑还在运行。不仅仅是在晚上。这是常态。剩下的一半是一团糨糊,蓓妮妈妈②牌果酱。

---

① 英文谚语,意为"山姆过得非常愉快"。原文为英文。
② 蓓妮妈妈(Bonne Maman),创立于1971年的法国果酱和糕点品牌。

至于鲸鱼，它在睡觉的时候会保持一半的大脑清醒。这是维持生存所必不可少的一半器官，因为这是用来提醒它一件非常重要的事情的，一件关键的事情：要记得呼吸，要定时浮到水面寻找空气。这是维持生命所必需的。然而我经常忘记。这证明我高估了自己：一半的大脑在正常工作？最多四分之一。可能还没有。智商还不如一头鲸鱼。然而这对我来说已经足够了。

我在想自己是不是搞错了。显然，只有四分之一个大脑的时候，我们对什么都不能肯定。毫无安全感。用一半大脑思考的物种真的是鲸鱼吗？还是我突然间把它们和海豚弄混了？我的头脑里一片混乱。不可救药。快快恢复到用四分之三的大脑思考吧。来吧，加油。快把那些幸存的家伙召集起来——我是说那些游动的脑细胞。那些为数不多的还没受到伤害的神经元。

有一点可以完全肯定：海豚可以用一半的大脑工作，另一半休息，正如上面所述。那鲸鱼呢？很明显，它们无法在深海中呼吸。所以它们必须有一种本领。可这离得出结论，说它们肯定有和海豚相同的本领，还有一步之遥。或者两步。鲸鱼和海豚究竟是否具有相同的大脑功能呢？我想起了麦尔维尔①——他妈的，我可忘不了那本书。那书细腻地描写了白鲸莫比·狄克超凡的能力。它是鲸中之王，也是其他海洋动物之王。那本书真是上等的鲸类研究著作。抹香鲸、灰海豚、独角鲸，还有莫比·狄克，它是齿鲸之王。那书从各个方面详细描述了莫比·狄克。莫比·狄克实为一条白色抹香鲸，而非白鲸——这可不是编造出来的。至于小须鲸，我在那海洋深处的兄弟，则淹没在庞大的须鲸科家族之中。在麦尔维尔这位资深鲸学家看来，须鲸并不讨人喜欢。

须鲸不爱群居，它似乎仇视鲸类，就像有些人仇视人类一样。②

至此，很难否认我与它确有某种相似之处。

---

① 赫尔曼·麦尔维尔（Herman Melville, 1819—1891），美国作家，被誉为美国的"莎士比亚"，美国文学的巅峰人物之一，其代表作为《白鲸》（*Moby Dick*）。
② 引自赫尔曼·麦尔维尔的《白鲸》。原文为英文，并附有法文翻译。

很胆小，始终独来独往；出人意料地在最遥远最无生气的海域现身。①

这变得让人不安了……考虑到万一真的存在转世轮回。难道我前世是一头须鲸？这就解释得通了。

它呼吸喷出的水柱又高又直，毫无分叉，就像独自矗立于光秃秃的荒原上的野树的树干。②

麦尔维尔！无与伦比的诗句。这就是其中关于须鲸的内容。至于与鲸类神经活动相关的内容，我是一点儿都回忆不起来了。应该和海豚差不多，几乎相同……

---

① 引自赫尔曼·麦尔维尔的《白鲸》。原文为英文，并附有法文翻译。
② 同上。

圣安娜医院神经科

1989年12月8日

"他还在睡,医生。他发出一些呻吟,但依然在沉睡。需要把他叫醒吗?"

"先不要叫醒他。他的心电图没有问题,现在没有生命危险。我巡视完病房再回来。到时我们再看看会有什么情况发生。如果他在沉睡中持续焦躁不安,请赶紧通知我。"

*

片名(这我还没忘记):《电影》①。默片(我也沉默无声)。黑白片。(演员呢?我记得他们,但记

---

① 《电影》(*Film*),阿兰·施耐德(Alan Schneider, 1917—1984)执导的实验电影,剧本由贝克特撰写,上映于1965年,讲述了一个独眼人逃避投向他的目光的故事,探讨了主客体间凝视与被凝视、感知与被感知的主题。

不真切了……）巴斯特·基顿①：饰演一个男人。内尔·哈里森②和詹姆斯·凯伦③：饰演一对路人夫妇。苏珊·里德④：饰演一位老太太（很著名）。男人独眼的特写镜头。废墟中的城市（总是废墟），一堵长满青苔的墙壁横穿其中。墙壁的垂直全景镜头，然后镜头随摄影机水平推移，直到出现一幢废弃的建筑。镜头又突然移动。对准那个男人，他正在奔跑（像一匹马，像一只无头的母鸡）。他停下来，背对着观众，打量了一下一个神秘的包裹，然后继续奔跑。

基顿。目光错乱。衰老的眼皮满是皱纹，像一个李子。像一个旧袋子。淡漠的目光用虹膜贪婪地凝视着镜头。这目光远非一块薄纱，更像是一个挡

---

① 巴斯特·基顿（Buster Keaton, 1895—1966），美国男演员，擅长出演默片喜剧，因演出风格往往不苟言笑而被称为"大石脸"，代表作有《一周》（*One Week*）、《将军号》（*The General*）等。

② 内尔·哈里森（Nell Harrison, 1898—1981），美国女演员。她在《电影》中实际出演的是下文提到的老太太。

③ 詹姆斯·凯伦（James Karen, 1923—2018），美国男演员，代表作有《当幸福来敲门》（*The Pursuit of Happyness*）、《吵闹鬼》（*Poltergeist*）等。

④ 苏珊·里德（Susan Reed，生卒年不详），美国女演员。她在《电影》中实际出演的是上文提到的路人夫妇中的妻子。

板，一道暗门，融化在墙纸中，完全顺应其起伏，掩藏着一些不可告人的事情。当着大家的面。一些不可告人的事情——究竟是什么事情？我不知道。在拍《电影》的时候，我一直在徒劳地寻找答案。我拍摄着，转动着。无论我怎么努力地刺探它——不是刺探眼睛，而是刺探它的秘密——它都丝毫没有暴露。镜头上只有那只作威作福的疯狂的眼睛。它占据了整个镜头，不放过任何一个角落。基顿占据了整个背景，像磁铁一样吸附着它。如同硬磁性材料①一般，产生的剩磁②和矫顽磁场③极其强大。这吸引力令人动情。我也被打动了，虽然我站在另一边。眼睛——这次是我的眼睛——贴在取景器上，努力通过这个小小的窗口取景。以眼还眼——暂且不用以牙还牙——我盯着基顿的眼睛。基顿的眼睛吞噬一切，像海绵一样。是的，是这样，像一块海绵，其细孔就像微型的器皿，随时准备接纳所

---

① 硬磁性材料（matériau magnétique dur），磁学术语，指磁化后能长时间保持磁性的材料。
② 剩磁（aimantation rémanente），磁学术语，指被磁化的磁体在撤去外磁场后在原外磁场方向上仍能保留的磁化强度。
③ 矫顽磁场（champ coercitif），磁学术语，指磁性材料抵抗退磁、维持磁性的能力。

有想倒入其中的东西。海绵般的眼睛,并不是真正的眼睛。不像其他眼睛。它极其湿润,却没有任何东西流出。眼睛里布满红血丝,湿润得好像要倾泻而出,把不幸像龙卷风般刮向任何斜眼看它的人。如果其中含着眼泪,那也是受害者的眼泪。那些倒霉蛋,在某一天,或者某一个晚上,在路上和它相遇,甚至并没有怎么注意到它,只是在路过的时候瞥了一眼,结果付出了沉重的代价。他们再也没有回来。这眼睛像蜘蛛一样,编织着自己的网,直到把他们粘住。直到把他们捉住。吸干他们的眼泪。直至完全干涸,一滴不剩。吸泪鬼。没有眼底的眼睛,就像盲人的瞳孔。一个并未失明的盲人的瞳孔。可憎的瞳孔。像是独眼巨人[①]的眼睛,虽然它本应有一对。太过分了。

他在奔跑的过程中撞倒了一对正在看报纸的路人夫妇(其实,是在看……看大标题)。镜头快速对准那个被撞得摇摇晃晃的男路人,然后又转回来,给那

---

① 独眼巨人(cyclope),古希腊神话中的巨人,仅有一只眼睛,长在额头中央,他们身体强壮而生性固执,擅长打造器具。

个女路人一个特写,她正惊讶地看着那个撞倒他们的男人。这男人在他们两人之间穿过,继续往前跑,跨过瓦砾,越过木板。镜头重新对准那个被撞倒的男路人,他正重新戴上自己的帽子和夹鼻眼镜(好了,他们看到他了。他的危险到来了)。然后是这对夫妻的特写镜头,他们紧挨着站在一起,盯着镜头,大喊起来。

他们看见我了,我也看到了他们。他们看到了取景器里我的眼睛。你还以为自己在那个小窗口后面隐藏得很好。你以为自己算好了角度,以为他们什么都看不到。你的眼睛上当了。它也同样成了电影的囚徒。老兄,那个独眼巨人就是你。那怪物是乌拉诺斯和盖亚的儿子①。但是哪一个儿子?布隆特斯?史特罗佩斯?阿尔格斯?

根本不是,和独眼巨人一点关系都没有。你只是众多眼睛中的一只。而且,这众多的他者之眼也被他人看见了。我的意思是,和你一样,他者之眼也会

---

① 古希腊神话中,大地女神盖亚(Gaïa)和天空之神乌拉诺斯(Ouranos)曾诞下三个独眼巨人,分别名为"布隆特斯"(Brontès)、"史特罗佩斯"(Stéropès)、"阿尔格斯"(Argès),分别代表着"雷""电""闪"。

被他者以外的他者的眼睛看见。甚至那个男人也没能逃脱。尽管为了与背景融为一体，他已经小心翼翼。没有任何办法。尽管黑色风衣遮住了他的身影，尽管他戴着帽子，还用一块小手绢一样的绸布裹住了自己的脸。他细心地用帽檐把绸布压住，以便更好地遮住自己的脸。他还是被看见了，也许没有被认出来，但谁知道呢？万一他的照片登在报纸上，登在那个女路人正拿着的那份报纸上呢？社会新闻版上印着他的特写照片。啊，他可以跑得像兔子一样快，像逃出地狱的蝙蝠拍打着翅膀，企图蒙蔽捕食它的猛禽。现在，他就像一只老鼠，在疯狂奔跑中犯罪，被抓了个现行。在飞奔中被抓拍到了。

*

"总的来说，心脏检查结果是好的。他没有理由到现在还不醒来。你们试过叫醒他吗？"

"还没有，我们在等您，医生。他仍然很焦躁不安，但眼睛一直闭着。就好像在做噩梦。"

"贝克特先生？贝克特先生，您能听到我说话吗？如果可以的话，请您睁开眼睛。我看到您的眼皮在动，您可以睁开的。来，试试。"

"……"

"您能看到我吗？我是于特里约医生。您在医院里。不，不，不要闭上眼睛。我知道这样很累，但您得习惯这样。对不起，我要用小手电照一下您的眼睛。我要快速检查一下您的瞳孔。对，就是这样。眼睛跟着我的手指活动。很好。"

"……"

"您还记得发生了什么吗？如果您戴着氧气面罩说话不方便，您可以把它拿掉。您还记得吗？您在养老院里晕倒了，您从床上摔了下来。我们现在还不知道具体是什么原因使您摔下来的，我们会给您做全面的检查。您的家人正在赶来，您的侄子们，好像是。他们从爱尔兰过来，是这样吗？"

"……"

"好吧，我不再继续打搅您了，但请您尽量保持清醒，不要睡过去。我们会给您送餐。我过一会儿再来看您。不，不，您不能马上就接着睡觉。尽量把眼睛睁开。一会儿见，贝克特先生。"

后 期

*

继续跟拍那个男人,他在街角转了个弯(全速,始终全速跟进),走进一栋楼里。镜头朝那个男人推近,他停了下来,用手指捏着手腕,给自己诊脉(每分钟一百下,至少)。

基顿演这部电影的时候年纪应该多大了?七十?七十五岁?我不知道。总之不是稚嫩的年纪,尽管这位老艺术家还能像猫一样跳来跳去。他经历过风风雨雨,他宽阔的肩膀就是证明。他过去单薄的肩膀在风雨中变得壮实。不是胖,不是的。腰带上面没有肥胖的肚腩,但毕竟没有像年轻时那样瘦得那么令人可怜。可我觉得,虽然他身体那么好,但毕竟已头发花白,在这样强度的奔跑之后肯定早已气喘吁吁,所以我才会安排他停下来给自己诊脉。检查身体机器的运行状态。你谈论的竟是一个头发花白的老人!基顿仍然是个调皮蛋,是个孩子,待在你这堆废铁旁。你已经成了废铁了。看看我这身衰老的皮肤,就像面包烤到了四分之三熟。这只是个近似分数。这个曾经跟着摄影机,爬上梯子直至云霄的山姆,他的躯壳还剩下些什么?像株蔬菜。变软的胡萝卜或者欧防风①,散发着一股樟脑和霉菌的味道……

*

"醒醒,先生。"

"……"

"您好。对不起,他们让我把您叫醒。我给您送餐来了。当心烫。我给您掀开盖子,打开罐头。"

"……"

"今天,您的前菜是牛肝菌浓汤。至于主菜呢,因为在养老院照顾您的工作人员告诉我们说您不吃肉,所以我用鳕鱼杂烩替换原先准备的黄油四季豆火腿。希望您会喜欢。您喜欢吃鱼吗?"

"……"

"来一点维镇产的奶酪?我给您涂在面包上,这样吃更方便。甜点是焦糖奶冻。可以单独吃。您做了个鬼脸。是不喜欢吃焦糖奶冻吗?没关系,如

---

① 欧防风(panais),又名芹菜萝卜、欧洲萝卜,一种原产于欧洲的蔬菜。

果您愿意，我可以给您换水果泥。苹果加梨口味还是苹果加大黄①口味？"

"……"

*

镜头跟着那个男人上上下下，他上了几个台阶，看见了一位老太太（确实很老，无需争辩），于是他跑下台阶，藏在了楼梯间里。她什么都没有看见，继续慢慢地走下楼梯，手里拿着一个花篮。老太太的脸，特写镜头。她的笑容消失了。恐怖的氛围。由于恐惧而瞪大了眼睛。她瘫倒了。鲜花散落一地。镜头垂直移动。那个男人在她身后，逃上了楼。

这次，人们看懂了。当然，情节很清楚。然而，那个坏蛋再次逃脱了。我是说，他成功地逃脱了眼睛——我的眼睛，摄影机的眼睛——眼睛没能盯住他，让他逃跑了。他对老年人犯了罪，上不了

---

① 大黄（rhubarbe），又名黄良、酒军，一种多年生草本植物，其叶柄可食用，常被西方人用于甜品中。

天堂的。猛推一把，那个可怜的老太太就一命呜呼了。没有什么比这更简单的了。不需要花大力气。她早就处于生死边缘。命系一线。只有一条线。他像死神一样把它弄断了。动作干脆而迅速——人们会以为是一场意外。老太太从台阶上摔了下来。优雅的老太太，眼睛像布娃娃一样黑，戴着插着花的帽子。是真的花，这个爱美的老太太细心地把它们插在帽檐。一朵白玫瑰和一把矢车菊。现在散落在老太太身旁。死者的身旁。

你可以看出，那个老太太比他年纪大得多。肯定是他母亲！否则还能是谁呢？否则为什么突然把她推倒？根本讲不通。没头没尾。主要责任在她，那个眼睛黑得像洞的老太太。她是导致他存在于世的真正罪人。一切都是她的罪责。她长期以来把自己的残酷本质隐藏在面具后面，隐藏在她的插花帽子下面。引诱男人的恶魔，惩罚男人们的背叛行为。显然，每个男人都是叛徒。你就是第一个。不用再到别处找了。那些尸体都在那里。受诅咒的尸骨，只求从壁橱中爬出来。不，这可怜的结局，老太太不应该得到：无人听见的最后一声尖叫，因为无声电影只有影像。

后　期

圣安娜医院神经科

1989年12月9日

"早上好,先生,我是来……贝克特先生?"

"……"

"您在睡觉?很抱歉打搅您。我是来帮您洗澡的。我的同事告诉我说,您希望派一个男护士来帮您洗澡。我叫弗雷德里克。"

"……"

"为了不让您太疲劳,我将帮您在床上洗个快澡。请等一下,我穿一下罩衫,然后去旁边给脸盆接满水。我马上回来。您喜欢用沐浴手套还是浴球?"

"……"

"水不会太烫吧?舒服些了吗?如果您愿意,我明天来给您刮胡子。好了,上面洗好了,腋下,小心,我会尽量不弄痒您。不舒服您跟我说?"

"……"

"稍等，我换一下手套。抱歉，但我必须给您全身都清洁一遍。这里也是。我很快弄一下，很快就好。"

"……"

"好了，最艰巨的任务完成了。您可以把衬衣放下来了，它不会影响我给您洗脚和洗腿。"

"……"

"好啦，干净得就像一枚新硬币！您说什么？干净得像一枚哨子①？哈，这句子真有意思。我不知道这句话。是从英语来的？"

*

那个男人的双手的近景特写，他正在开门锁。他进入了房间，关上门，然后插上链条锁，把自己锁在里面。接着他又重新给自己把脉（疑神疑鬼，不可救药）。

---

① 英文中用"干净得像一枚哨子"（clean as a whistle）来形容非常干净的事物，而法文中则用"干净得像一枚新硬币"（propre comme un sou neuf）。

重新回到那个房间，童年时代的房间。在那里，每天晚上他都乞求点上一盏灯，以消除他心中的恐惧。又熟悉又令人不安的房间，斑驳的墙壁就像青筋暴露的皮肤，浮现出他曾经受过的痛苦。这皮肤很细腻，也很脆弱——并没有真正的保护作用。尽管如此，房间还是很熟悉。就像旧日的痛苦。那个男人现在可以摘下遮在脸上的布了。他终于安全了。

你什么都看不到了。你从来没有看清过布景的细节。窗外有许多行人经过，你忘了这扇窗户本身就有可能背叛他。尽管那个男人拉下了窗帘，但是窗帘上有许多破洞，把他暴露了。把他展示在断头台上——这个弑母者，他逃不了上断头台的下场。他也知道。除非幸运女神向他微笑。为什么不向他微笑呢？幸运女神就曾对你微笑过。她笑得露出了所有的牙齿。于是你没有被抓走。其他人，无人幸免。他们被抓走了。你真幸运。你在灿烂的阳光下尽情地大声嚷嚷，他们却被抓走了。现在轮到他了。这个男人知道这一点。

房间的全景镜头：我们看到有一张备餐桌，上面

放着一个水族箱和一个鸟笼。镜头快速移动，我们能看到一张摇椅、一张海报（可能是一张布袋木偶戏的剧照，我是说提线布袋木偶戏）和挂在墙上的一面镜子。特写镜头聚焦到房屋中间，那里有个篮子，篮子里睡着一只小型犬和一只黑白相间的猫。

我说他安全了，但并没有说人们看不见他了。如果人们看不见这个男人，就没有这部电影了。现在他安全了，和这些动物在一起。他应该满意了——这个厌恶人类的人，这个野蛮人。他讨厌所有的人，除了这些动物。动物令人愉快，尤其是在乡村，真的。难怪这些动物虽然已被养在室内一段时间了，却安静得出奇。对于猫和狗来说，它们本应经常在外面游荡的——又上路了①。在这儿，它们一点儿也不焦躁不安，连睫毛都没动。它们在等着，乖乖地蜷缩在篮子底部。没有理由打搅这只猫②，也没有理由打搅它的伙伴。

你仍然像个愣头青一样被骗了。看到老太太

---

① 原文为英文。
② 此处为双关用法，"没有理由打搅这只猫"（pas de quoi fouetter un chat）在法文中有"没犯什么大错"的意思。

篮子里的猫和狗,那个男人立刻明白了。他感觉到了危险。那些目光早就埋伏于此,它们像手榴弹一样,像炸弹一样,纷纷向他投射而来。他感觉到它们依次落在他身上,甚至包括那些悄悄地隐藏在裂缝中或者镜子反光中的目光。他全部感觉到了。首先是鹦鹉,接下来是猫,最后是吉娃娃①……除了把它们都赶出去,他没有任何办法。从这里滚出去!②

卧室的远景镜头:那个男人抱起猫,开门,把它扔了出去,然后关上门。水平向右全景拍摄:他又去抓狗,开门,把狗扔出去。猫却又趁这个机会溜回来了。

一个出去,另一个回来。这是个老笑话,永恒的喜剧,总是让我发笑。和那个"你抓住油漆刷,我要把梯子拿走"③的笑话一样好笑。最好的笑话。

---

① 吉娃娃,原产于墨西哥的一种小型犬。
② 原文为英文。
③ 这是一个在法国家喻户晓的老笑话。两个疯子在粉刷一面墙,一个对另一个说:"你抓住油漆刷,我要把梯子拿走。"

甚至似乎还有个神学版本①。魔鬼看了也会笑的。

　　然后呢？梯子抽走以后呢？还会发生什么呢？什么也没有发生。永远不会发生什么。独自一人，在黑暗的房间里的时候，从来不会有好事发生。只要有一点光，一点点的阳光，就足以暴露他犯下的罪行和他的罪恶。弑母者。你想要那个弑母者怎么做？除了逃避，除了自我怨恨。除了逃避自己的倒影。Self-hatred②，英语是这么说的。这不重要，可怜的傻瓜，因为电影是无声的。因为每个人都有过那么一些自我怨恨的时刻。尤其是当人生快要结束的时候。当残缺的身体只能和衰退的大脑顾影相怜的时候。控诉的声音响了起来，即使我们听不到。

---

① 指中世纪流传于西班牙的一个故事。故事中，一位画家在一座教堂的墙壁上画魔鬼的狰狞形象，惹怒了在意自身形象的魔鬼本尊，于是魔鬼抽走了画家站立的脚手架，想置画家于死地，但圣母玛利亚目睹了这一切，帮助画家抓住画笔刷，画家悬在墙上逃过了一劫。
② 英文，意为"自我怨恨"。

圣安娜医院神经科

1989年12月10日

"贝克特先生?"

"……"

"富尼耶夫人,您看到了,贝克特先生精神很差,这些日子他基本都在睡觉。治疗和用餐时我们不得不把他叫醒。"

"……"

"贝克特先生?我是医生。请睁开眼睛,我想跟您说几句话。"

"……"

"正如我向您的朋友富尼耶夫人解释的那样,很遗憾,您的检查结果并没有让我们有什么新的发现。我们找不到导致您昏厥的原因。所以,目前我们将继续以当前疗法对您进行治疗和观察。"

"……"

"好了,我走了。我想,您接下来会读会儿书,贝克特先生。来点让您兴奋的东西,这也没什么坏处。这是什么?威廉·巴特勒·叶芝?我不认识他。是个爱尔兰人?"

*

水平全景拍摄:罩布从镜子上掉下来,那个男人冲过去抓住它,重新把镜子蒙上。镜头环绕一圈。那个男人在摇椅上坐下,抓住他刚才带来的那个包裹。那个影片开头就出现过的包裹。

我非常喜欢战利品这一创意。基顿不知道从什么地方弄来的一件小宝贝。我非常喜欢。不是阿巴贡①的那种珠宝箱,也不是强盗用的那种装钱的小皮箱。不,是非常朴实的战利品。只有对他来说才是战利品。饱含情感价值。现在,他在那里,在房间里,就像一个海盗,有一只眼睛戴着眼罩。现在,

---

① 阿巴贡(Harpagon),莫里哀的喜剧《吝啬鬼》(*L'Avare*)中的主人公,视钱如命,是欧洲文学作品中的"四大吝啬鬼"之一。

他坐在摇椅上,脑子里什么都不想了。他终于可以打开它了。他从皮革公文包里拿出那个神秘包裹,那就是……

闭嘴!你总是太快了!太快了!你在剧透。该死的预言者!腐朽的占卜人!你现在成了一条毒蛇!盘踞在洞穴里的一只肮脏的爬行动物,恐吓着他人。你在透露天机。此时,人们还不知道他的公文包里到底藏着什么秘密。我们只知道那个男人把那包裹看得无比重要。他把它紧紧地贴在胸口,就像抱着妻子。与之生死相依。宁死也不能弄丢。丢了它就像你失去了爱妻。

笼子里鹦鹉的特写镜头。镜头跟在那个男人后面。他走近笼子,掀掉盖着的布罩。鹦鹉正眨动着的眼睛的特写镜头。镜头仍跟在那男人后面。他把布罩盖回鸟笼。镜头对准水族箱和里面的那条金鱼,近景特写。摄影机继续跟着男人。他走到水族箱前,把它也用布给盖住了。

显然,人们总认为能从偷窥中得到快感——货真价实的快感。对此,我是略知一二的。但如果这会引起对方的不悦呢?"受窥恐惧症"。我是说,受窥视者因被人盯着而感到恐惧,偷窥者的快感让他感到害怕。这种害怕就像人们怕丢脸一样。就像人们害怕受到惩罚一样。在某种程度上来说,他害怕的是别人在他背地里偷偷得到的快感。

总之,我说的快感,是一种广义的快感。此处,我指的并不是性爱带来的快感,也不是窥视基顿带来的快感。我甚至会小心地避免把这两者混为一谈。对我而言,这种混淆是要不得的。啊!每个人都有各自的取向与癖好。对于基顿,我所渴望的,是能看到他。从我的取景器后。我不仅仅想看他在那儿窥视四周的样子,还想看他被别人窥视或在那儿想象自己正被别人窥视的样子。我在想,面对内心的危机,他还能坚持多久。危机在他身上加剧,就像锅里的牛奶要溢出来了。我能切实感到他内心的谵妄正在膨胀,仿佛它就发生在我自己身上。幸亏这谵妄没有选择我。幸亏它选择附身于基顿。不如就基顿吧,既然要拍电影。

好了,他现在开始忏悔了。这编剧真粗暴,这导演真恶毒,宛如一个施刑者,有过之而无不及。他滋长了恶。首先是窗户,接着是镜子,甚至还有那条眼睛像灯泡一样的可怕的金鱼。现在那个男人用大衣把它们都盖住了,也许终于可以松一口气了。终于可以打开那个神秘的信封了。

摄影机从那个男人背后拍摄,他坐在摇椅里,悠闲地摇晃着。镜头拉近到信封。他打开信封,从里面取出了几张照片。

照片1和2:一个戴着帽子的女人的肖像。

照片3:一个纨绔子弟和一只狗,那只狗坐在他面前的桌子上摆造型。

这个美丽的女人是谁呢?她高雅而又严肃。见鬼了,这张照片是从哪里来的?我脑内的海马体[①]已停止运转。像金鱼一样记忆力低下。[②]孔洞比格鲁耶尔奶酪[③]还多。破碎的记忆搅动脑海中的画面,就像

---

① 海马体(hippocampe),大脑中负责长时记忆的区域。
② 法文俗语。金鱼常常被认为仅有五至七秒的记忆,尽管现代科学已经证明此观点是错误的。
③ 格鲁耶尔奶酪(gruyère),原产于瑞士弗里堡州的奶酪,多孔,芳香醇厚,浓郁滑顺。

人们用雪花玻璃球①来让雪花飘舞一样。

这个女人到底是谁？戴着旧式的帽子。他的太太？或是他从来没有见过的年轻时的母亲？在他还没有出生时她就有点疯了，他的出生则让她完全疯了。她年轻时就一直有点疯癫。是一个潜在的疯子。还没有发作。还没有成为他母亲。

母亲，母亲！别再提母亲了好不好！你一心想着她，而她已经死了，埋在了格雷斯通斯的地下。埋在山与海之间。埋在威克洛的群山之中。这不是她。她不在这部电影里。不在这个公文包里。甚至不在这张照片上。而且，这个男人都不再看她，而是很快就翻看下一张照片了。纨绔子弟的照片。

纨绔子弟戴着帽子，拄着拐杖，留着胡子，行为举止有点装模作样——老套。他在向一只狗弯腰鞠躬，狗则坐在桌子上。它也在装模作样摆姿势——后腿直立，全身伸向主人。假装恭敬。那个纨绔子弟在

---

① 雪花玻璃球（boule à neige），一种水晶球类装饰工艺品，即在空心的玻璃球或有底座的玻璃罩中固定放置一些卡通形象、著名景点等形状的物件，灌满水后充入少许碎棉絮或塑料薄片充当"雪花"。当有人将玻璃球翻转放置时，漂浮在水中的"雪花"就会像下雪般缓缓沉淀落下。

袖子里藏着一块糖。

仔细看!向那只狗弯下腰去的纨绔子弟,有没有让你想起什么人来?你可忘不了!不是他!再仔细看:条纹西服,拐杖,胡子……可怜的狗啊,你还没认出你的主人吗?

不,在这点上,我很肯定。乔伊斯比这个人瘦。瘦得多。体型颀长,骨瘦如柴。挂着几根粗大的拐杖,我指的是他的双腿和他的尖下巴。尖得像鸟喙一样,像钉子一样。

你说的钉子就是他的棺材钉!乔伊斯已经死了。别忘了。你总是忘了这事。他在战争期间就已经死了,什么都没有留下,甚至连遗体都不全,无法送回爱尔兰安葬。你为此尝试了很多次,但都办不到。乔伊斯变成了尘土。

是的,乔伊斯死了。战争已经结束。大师也结束了生命,成了无数死者中的一个。死于与战争没有任何关系的原因。与战争毫无关系。然而……然而乔伊斯说过的话,仍然留在我已经衰退的大脑皮层中,丝毫未损。他的言语奇迹般地躲过了所有的灾难。躲过了我记忆的毁灭。它们一直都在那儿,随时准备脱口而出。无情地把我拽回到那个姑娘身边,她就像高山上的一朵鲜花。甜言蜜语。乔伊斯从不说刺耳的话。没有指斥,没有谩骂。他的话像从山里向我飞来的鸫鸟,啾啾地叫着。在福克斯罗克,每天早上,当阳光已经照到屋里人的时候,我都能在厨房的窗口看见它们从远方飞来。那时,我待在梅的厨房里,远远地观察着那些鸫鸟,它们给我指引着道路。横跨天际的自由之路。从大海直至高山。俯瞰一切。我穿越了灾难,乔伊斯的话仍在脑中。乔伊斯的话仍在心头。那些言语宛如鸫鸟合唱团,啾啾地唱着那位少女的故事,山花的故事——啾啾,啾啾。直到夜幕降临之际,它们仍在歌唱。它们代替我继续讲述那个故事——流动的记忆,飞翔的记忆。我听你们讲。

对了,那个姑娘,和安达卢西亚①的女郎们一样,在头发上插着一朵玫瑰。一朵红玫瑰。这里也有一个关于墙与吻的故事。那个姑娘觉得眼前的这个男人并不比其他男人差,也许还略高于平均水平,终于跨出了那一步。"我愿意。"②一句句不可磨灭的

---

① 安达卢西亚(Andalousie),西班牙地名,位于伊比利亚半岛最南部,是弗拉门戈舞起源地,民风热情奔放。
② 原文为英文"Yes"。

"我愿意"争先恐后地从乔伊斯的笔下冒出。又是一句"我愿意"。一次次反复燃起的欲望。一声"我愿意"根植在她直勾勾的眼神里——眼神是全球通用的语言。她的眼神想说的其实并不是"我愿意",而是"再来一次"。她又一次说出"我愿意"。愿意接受他的拥抱,愿意接受他怦怦直跳的心。是的。"我愿意,我愿意许你我的余生。"①

照片4:一个穿着礼服参加毕业典礼的学生正从老师手中接过文凭。

---

① 以上整段改写自乔伊斯《尤利西斯》最后一章《珀涅罗珀》的结尾。主人公利奥波德·布卢姆(Leopold Bloom)的妻子莫莉·布卢姆(Molly Bloom)以独白的形式回忆他们年轻时在安达卢西亚初恋的场景:"那时我可是一朵山花 是的 那时我在头发上插着一朵玫瑰 和安达卢西亚的女郎们一样 也许我该戴一朵红玫瑰 是的 在直布罗陀那面摩尔风格的墙下 他曾如此热烈地吻我 我觉得他并不比其他男人差 于是我用眼神告诉他 让他再向我求一次婚 于是他又向我求了次婚 问我是否愿意 戴的山花 于是我就伸出手臂搂住他说 我愿意 然后把他往下拽 让他能触到我沁香的酥胸 是的 他的心正怦怦直跳 是的 我愿意 我愿意许你我的余生。"(乔伊斯的原文因没有标点符号以及连用数个"Yes"而闻名于世,译文中的"我愿意"和"是的"对应的都是乔伊斯原文中的"Yes")

戴着配有流苏的学士帽——英语专业毕业。是的,但是哪所学校?没有明确的线索。那个男人,那个杀人犯,是否曾是都柏林三一学院的学生,后来却选择了一条歪门邪道?他是否就是好牧人①所说的那群迷途羔羊中的一只?他是不是遇到了些坏人,结交了些臭名昭著的坏同伴,正如好牧人所言?教堂每周日的礼拜都会提及这些坏人,而我却常在礼拜时打瞌睡。

除非这不是他。仔细看。我们在照片上看到的那个人并不是他。再看看我,我这个像竹竿一样又瘦又高的傻子。这个留着长头发的傻子,一绺长发从他的学士帽下面露出来。你知道那就是你!你心里明白得很!你,一直是你,戴着一副圆框眼镜的年轻人,初出茅庐,像神一样自豪,像山一样骄傲,就那么自豪地站在老师面前,站在你的父母面前。

---

① 好牧人(le Bon Pasteur)指耶稣。基督教常以群羊喻教徒,以好牧人喻耶稣。

*

您可以跟他说话。您的叔叔听得见。他很躁动，躁动的原因我刚才已向您解释。不过，当他睁开眼睛的时候，他大概率是清醒而理智的。我建议您用母语跟他说话，也许这对他的恢复会有更大的刺激作用。我们也不知道，但值得一试。我明天再来看他。如果您愿意，我们明天可以再谈一下。

*

照片5：结婚照。一对新婚夫妇站在花园的栅栏前。

我们知道什么在等待他们，什么在等待这些不幸者。两人都已半个身子进了坟墓。他，昏昏欲睡；她，半疯了。照片里只有他们两人，紧紧挨着。周边几乎空无一物，两人之间的小动作使他们离两侧边框更远。按时刷牙，无趣的谈话，鲜有乐趣。只是打发时间。照片上的这对夫妇还不知道什么在等待着他们。照片上的这对夫妇优雅高贵，但依然很朴素。丈夫穿着一件简单的西装。没有穿燕尾服，后面没有燕尾，也没有穿镶着长流苏的深蓝色大衣，更没有穿系着领结的衬衣。

他又为什么需要这些呢？这些服装只在故事中出现，别人的故事，你的记忆吐出来的故事。就婚礼而言，一件简单的西装就足够了。他们的命运不是服装能够改变的。

好的，这一点我同意，一件简单的西装就足够了。考虑到等待着他们的苦难生活和夫妻生活的煎熬——这两个是同义词——说不定连一件西装都嫌多了。婚后生活的煎熬等待着我们每个人。所以我结婚那天没有穿西装。我从来就下不了决心用"婚姻"这个词来形容我和苏珊的结合——就我而言，我们之间并没有真正结合，那只不过是随口说的句子罢了。我觉得太不合适了。我是说婚姻。总之，不合适。这么说吧，让我最感担忧的就是那条鸿沟——显然如此——一边是我们通常听别人所说的幸福婚姻，另一边是吞噬我们的实际婚姻。它消化我们，最后又把我们排泄出去。它自我排斥，就像不成功的移植手术一样。在新闻当中从来没有关于这个问题的任何消息。对这个数千年以来戕害了无数人的祸害没有任何警示。在自己亲身遭遇之前闭口不提。为时已晚。每天的新闻只会不厌其烦地播报着油价——我记得大概是十九美元左右一桶？不谈这个了。总之，我结婚的那一天没有穿礼服，只穿了一件老旧的皮毛一体外套，戴着一顶贝雷帽。在那个冰冷的日子里，我穿着那件暖暖的旧皮衣。而苏珊也紧紧地裹着一件暖暖的毛皮大衣，头缩在风帽里。不是驴皮制成的，不过也差不多——爱之蛋糕①，你说得倒好！我和苏珊，都那么老了，都那么冷。两个相依为伴的老人，扮演着夫妻角色。两个丑八怪，真吓人。她的风帽里也有几绺白发露了出来。著名的"齐刘海"，这是她给她的发型起的名字。半长而浓密的齐刘海盖住了她数学家般的额头。她的额头隆起，就像人们所说的，"有个数学家般的额头"②。虽然她并不是数学家。苏珊是个钢

---

① 暗指欧洲民间故事《驴皮公主》（*Peau d'âne*）中的内容。故事的主人公驴皮公主为逃避与其父亲的乱伦婚姻而身披驴皮大衣出逃，隐姓埋名。有一天她遇见了邻国王子，两人坠入爱河，王子回宫后患上了相思病，下令举国寻找驴皮公主。由于有多人自称驴皮公主，王子便令她们制作"爱之蛋糕"，以此分辨真假。真正的驴皮公主制作"爱之蛋糕"时不慎将戒指遗落其中，差点将王子噎死，但王子也因此通过比对戒指与手指的粗细认出了驴皮公主，两人终成眷属。

② 法国俗语。数学家天赋异禀，智力超群，所以许多人认为他们的额头都有块隆起，该隆起赋予了他们超凡的智力。

琴家。她总是坐在钢琴前。其他的东西对她来说毫无价值。就像昨天嚼过的土豆。

照片6：在一栋房子前的花园里，一位男士抱着一个孩子。

照片中的他永远是个孩子。这是在他孩童时期拍的照片。在他父亲的怀里。这段时间没有持续很久，最多一到两年。时光飞逝。①时间比风飞得还快，带走了那些尘埃。童年的尘埃。

我们以为时间会一直流淌下去，无穷无尽。还会持续多久呢？没人知道。你不会用你剩下的生命去豪赌。你的人生还没有结束。尽管你已经历过一切。尽管你受过伤，尽管你经历了战争，尽管你的腿受伤了。而其他人，其他所有人，虽然他们很坚强，却都已倒下，嘴巴微张。而你的嘴巴还能呻吟，苟延残喘，什么话都吐不出来，除了一些不好的记忆。除了那些荒谬的记忆。而电影的主人公却终于从中解脱了。他用手撕碎了那些照片。非常猛

---

① 原文为英文。

烈的动作。冰冷的相纸在他杀手般致命的手中化作碎片。碎片的数目不断翻倍。一片又一片，承载着苦痛。一个接着一个地被消灭。他是杀死相纸的凶手。首先是他孩童时期的照片。然后是妻子的。他回溯时光之河，逆流而上。直至毕业典礼。最后还会剩下什么呢？真的会剩下什么东西吗？甚至那只狗也将不复存在，乔伊斯也一样。全都化作一团团五彩斑斓的纸屑，如过往云烟，昙花一现。

圣安娜医院神经科

1989年12月11日

我很遗憾地告诉您，今天早上贝克特先生没有醒来。

【一段时间后】

昨天晚上，他又一次昏厥了。经评估，我将他的状态定性为中度昏迷。这说明他已无法被唤醒。我们已无法与他进行真正的交流，即使他可能听得到我们说话。在这方面，我无法回答您，我们也无法确定。

【一段时间后】

不过，他对疼痛仍有应激反应。而且，他一直非常躁动。今天下午我会给您详细的诊疗方案，诊疗团队将最大限度地减轻他的痛苦。

后 期

【一段时间后】

当然,在没有你们二人同意的情况下,我们不会采取任何措施。他没有子女,所以你们就是家族里与他关系最近的亲属。因此你们有决定权。至于他的医疗费用,我不知道他以前是否告诉过你们他想怎么处理。如果你们愿意,我们待会儿可以再讨论一下。我留给你们一些时间与他独处。下午见。

*

我,我希望人们能让我重新成为一块白板[①]。让人把我的照片和剩下的东西都撕了吧。来吧,全都扔到垃圾桶里。大扫除。把婴儿和洗澡水一起泼掉——baby thrown out with the bathwater[②]。终于有

[①] 白板(tabula rasa),西方哲学认识论中的一项概念,即人出生时没有思想、没有心智的原初状态。此概念广受后天决定论者支持。
[②] 此处主人公将上一句话用英文重复了一遍。此句话的意思是"好的坏的一并清除",化用自英文中的谚语"不要把婴儿和洗澡水一起泼掉"(don't throw the baby out with the bathwater)。该谚语意在告诫人们不要因为事物存在坏的一面而将其完全否定,完全忽视其好的一面。这句谚语于二十世纪被译作法文"ne pas jeter le bébé avec l'eau du bain"后,也在法国被广泛使用。

句两种语言中都存在的谚语了。这一次大家终于没有各说各的。终于在最后一刻同步了。这是某种征兆吗？什么征兆？即将发生之事的征兆？孩子就像羔羊一样被献祭。总之，这不是第一次了。然后，会改变什么呢？什么都无法改变。那个男人依然徒劳地待在那里，坐在摇椅上；他徒劳地用手撕碎了那些照片。碎片散落一地，粘在他西服的垂尾上。照片中活生生的人都已经死了，那是他们活着时拍的照片。生前的幸福时光凝固在照片里。而你呢？你在海边出生，就在海岸的悬崖边。你奇迹般地沿着悬崖高耸的脊边行走，感觉到脚下的岩石松动异常。你经过时，石头便在你脚下坍塌。浓雾中，你几乎什么都看不见。在战争的浓雾中。你什么也看不见，然而你能听见倒地的人毙命前的大喊。或者是已经倒下，受了严重外伤，正在等待着死亡的人在惨叫。持续了很长时间。一直可以听到垂死者挣扎着喘着粗气。一出三幕戏。中场有休息。该死的惊跳。最后的条件反射。已经结束了。所有人都像提线木偶，倒地散架了。骨头断折，散乱得到处都是。鲜血迸流，像是熔岩喷发。同志们的全身受尽拷打与折磨。徒手去捡煤渣。甚至已经没有力气举起铲子。

你总是说得很夸张。那是在战争期间。并不是一直都是这种情况。其他人都有了温暖的家。在家中逝去，身边围满亲朋好友。熟悉的手帮助病人脱衣穿衣。这是为人父母者的特权。生育你的那个人的特权，养育你的那个人的特权。

对此你又有何见解？关于子女给家长穿衣脱衣，你又有何高见？你又不曾享受这番待遇。你没有子女。你从未想过要生儿育女。

显然，还有一些疑问，关于我过往时日的疑问。疑问被伪装成希望。我有了个儿子，他丢失后又被找回。不，结局更加完满，我有了个女儿。对，是个女儿。那段爱情，我本可让它随风而逝。我本想隐瞒不提。那是一个三十二岁的美国女人，漂亮得就像挂在灯下的一幅画。她就像被海洋吞噬的珍宝一样珍贵。可我任由那大洋将我们分隔。再做一次。做最后一次。这次一定可以。谁知却成了我们之间的最后一次。美琪消失了。几乎完全失去了音信。还是来过几封信的。只有几封信。没有儿子，没有女儿。徒劳的遗憾。

你难道不知道子女很残忍吗？你难道不知道他

们会抓住病人熟悉的身体，抓住他们父亲或母亲的身体，将其掐死？或者，更加可怕的是，他们只是内心渴望这么做？你自己也经常这么想。你想缩短家中病人存活的时间，相信这样对他们更好。你想通过他们的死亡来缓解埋藏在你心中的对他们的深仇大恨。承认吧。你在看到他们走了的时候松了一口气。他们的死让你感到有一丝悲伤，但更多的是如释重负。你见证了这种死亡。你心满意足。就像杀人犯躲在暗处察看他施放的毒药产生作用一样。你一辈子都在准备这种毒药。你受仇恨驱使，被愤恨蛊惑。这毒药能使奇迹出现。你可耻地盼望他人死去。对你而言，他人即毒药。

*

"请坐。我会回答您的一切问题。我们必须达成一致，您要理解我们正在为您叔叔实施的陪护方式。

"首先回答关于镇静剂的问题。镇静剂主要用于缓解三大症状：谵妄，或者说躁动；呼吸不畅，即呼吸方面遇到困难；当然还有疼痛。少数情况下它还可用于缓解呕吐。

"在目前的情况下，我建议您使用镇静剂，这主要是为了缓解病人较强的躁动症状。我想我们可以对几天来贝克特先生的躁动情况进行干预，昨天夜里他的病情明显加重了。

　　"我必须向您解释，镇静剂施打有多个级别。为了缓解您叔叔的痛苦，我们需要使他进入深度昏迷。我们的目的，是尽最大努力让他恢复平静。很遗憾我们只能做到这一点。

　　"您同意我们使用吗啡吗？

　　"您还有其他问题吗？"

不再等待戈多

　　讲述人生的终点又有什么意义？根本没有什么好说的。我们讲述的都是已经发生之事。早就发生了。或刚刚发生。总之是已经发生。而人生的终点，我们永远都不知道在何处。在终点到来之前，什么都看不到，毫无迹象。只需等待。

　　就在《电影》快要落幕时，那个男人坐在乌木摇椅里晃荡。他随着摇椅摇晃，就好像在乳母的怀里一样。如果真是这样，那她肯定会给他唱首摇篮曲。乳母们在轻声歌唱。"安静，小宝贝。"① 乳母们轻声歌唱，向他许下一个个如月亮般虚无缥缈的诺言。黎明的承诺②。

---

① 原文为英文。此段歌词来自一首名为《安静，小宝贝》(*Hush, Little Baby*)的摇篮曲。这首摇篮曲又名《反舌鸟》(*Mockingbird*)，源于美国南方，后在整个英语世界被广泛传唱，改编版本众多。在其歌词中，唱着这首歌的母亲用一连串异想天开却无法兑现的承诺哄孩子入睡。

② 法国作家罗曼·加里(Romain Gary, 1914—1980)曾以《黎明的承诺》(*La Promesse de l'aube*)为题创作了一部自传体小说。该作品以母爱为主题，回忆了作者孩提时与母亲相处的往事。

安静，小宝贝，不要说话
妈妈会去给你买一只反舌鸟①

每句歌词都有所承诺。乳母向孩子承诺一切，用一堆奖赏来换取孩子的安静。但孩子哭了，他忍不住地哭了。因为他知道——我们其实也都知道——白天正在隐退，夜晚很快就要来到。他还能怎么办呢？白天悄悄结束，夜晚降临。就如海岸边的潮起潮落。日复一日。孩子也知道。每天都是这样的允诺，消逝的阳光总会回来，然后又匆匆地溜走。每天夜晚的灯光又是如此短暂，转瞬就被吹灭。现在已是午夜。我们刚刚熄灯。离早晨还远得很。那是无法企及的幸福。也许只能等待？等待——问题就在这里。在等待时，该做什么呢？大声喊叫？为什么不呢？驱除黑暗带来的恐惧，没有比喊叫更好的办法了。可以用来吓退狼群，因为火已经熄灭了。已经没有亮光了。除了自己大声喊叫的声音，他已无所依靠。只能以此安慰自己。爱尔

---

① 引自《安静，小宝贝》。

兰乳母用自己家乡的盖尔语①唱着摇篮曲。《安静地睡吧,宝贝》②。

> 安静,宝贝,现在该睡觉了
> 房顶有白色的仙女
> 她在皎洁而温柔的月光下玩耍
> 她们在呼唤我的宝贝
> 想带你去她们的大城堡③

她像是在恐吓他。不过,与黑夜可能会带来的危险相比,仙女根本算不了什么。那一半黑暗,没人能够逃脱。那是厄运的象征。

为什么不喊出来呢?

试试,该死的,试试!至少要有这种勇气。用嘴喊出来,我的老山姆,不管用什么语言!快喊出来,你这个恶魔!像军队教官那样喊出来!像报丧

---

① 盖尔语分为爱尔兰盖尔语和苏格兰盖尔语,此处指爱尔兰盖尔语,又称爱尔兰语,为爱尔兰主体族群凯尔特人的本族语言,如今已因英语强大的影响力而式微。
② 《安静地睡吧,宝贝》(*Seoithín, seo hó*),爱尔兰盖尔语摇篮曲。
③ 引自《安静地睡吧,宝贝》。

女妖①那样喊出来!②提醒他们有危险,前方有黑暗,有黑夜。至少要拉响警报。像报丧女妖那样尖叫,告诉他们死神将临。死神来了。尖叫吧,如果你还叫得出来。

---

① 报丧女妖(banshee),爱尔兰凯尔特神话中的形象,其叫声尖锐刺耳,预示着死亡的来临。
② 原文为英文。

塞缪尔·贝克特先生无疑是真实存在的人物，他在巴黎一所名为"三一"的养老院度过了生命中最后的日子。他客居巴黎半个世纪。

不过，这是一本小说。我所写的并不是他的传记。它旨在用真实或虚构的故事塑造一个面临死亡的贝克特形象，一个与其自身作品中的众多人物相类似的角色。